Reclam XL | Text und Kontext

Dieses Buch wurde klimaneutral gedruckt.

Alle CO_2-Emissionen, die beim Druckprozess unvermeidbar entstanden sind, haben wir durch ein Klimaschutzprojekt ausgeglichen.

Nähere Informationen finden Sie hier:

Klimaneutral
Druckprodukt
ClimatePartner.com/14058-1912-1001

Franz Kafka
In der Strafkolonie

Herausgegeben von Alain Ottiker

Reclam

Der Text dieser Ausgabe folgt der von Michael Müller besorgten Ausgabe der Universal-Bibliothek Nr. 9677. Er wurde auf Grundlage der gültigen amtlichen Rechtschreibregeln orthographisch behutsam modernisiert.

Reclam XL | Text und Kontext | Nr. 16161
2017, 2022 Philipp Reclam jun. Verlag GmbH,
Siemensstraße 32, 71254 Ditzingen
Durchgesehene Ausgabe 2022
Druck und Bindung: EsserDruck Solutions GmbH,
Untere Sonnenstraße 5, 84030 Ergolding
Printed in Germany 2022
RECLAM ist eine eingetragene Marke
der Philipp Reclam jun. GmbH & Co. KG, Stuttgart
ISBN 978-3-15-016161-6

Auch als E-Book erhältlich

www.reclam.de

Die Reihe bietet neben dem Text Worterläuterungen in Form von Fußnoten und Sacherläuterungen in Form von Anmerkungen im Anhang, auf die am Rand mit Pfeilen (↗) verwiesen wird. Quellen im Anhang werden mit dem Zeichen Q kenntlich gemacht.

Inhalt

»Es ist ein eigentümlicher Apparat«, sagte der Offizier zu dem Forschungsreisenden und überblickte mit einem gewissermaßen bewundernden Blick den ihm doch wohlbekannten Apparat. Der Reisende schien nur aus Höflichkeit der Einladung des Kommandanten gefolgt zu sein, der ihn aufgefordert hatte, der Exekution eines Soldaten beizuwohnen, der wegen Ungehorsam und Beleidigung des Vorgesetzten verurteilt worden war. Das Interesse für diese Exekution war wohl auch in der Strafkolonie nicht sehr groß. Wenigstens war hier in dem tiefen, sandigen, von kahlen Abhängen ringsum abgeschlossenen kleinen Tal außer dem Offizier und dem Reisenden nur der Verurteilte, ein stumpfsinniger, breitmäuliger Mensch mit verwahrlostem Haar und Gesicht und ein Soldat zugegen, der die schwere Kette hielt, in welche die kleinen Ketten ausliefen, mit denen der Verurteilte an den Fuß- und Handknöcheln sowie am Hals gefesselt war und die auch untereinander durch Verbindungsketten zusammenhingen. Übrigens sah der Verurteilte so hündisch ergeben aus, dass es den Anschein hatte, als könnte man ihn frei auf den Abhängen herumlaufen lassen und müsse bei Beginn der Exekution nur pfeifen, damit er käme.

Der Reisende hatte wenig Sinn für den Apparat und ging hinter dem Verurteilten fast sichtbar unbeteiligt auf und ab, während der Offizier die letzten Vorbereitungen besorgte, bald unter den tief in die Erde eingebauten Apparat kroch, bald auf eine Leiter stieg, um die oberen Teile zu untersuchen. Das waren Arbeiten, die man eigentlich einem Maschinisten hätte überlassen können, aber der Offi-

1 **eigentümlicher Apparat:** hier: eine spezielle Maschine | 1 **Offizier:** militärische Rangstufe ab Leutnant | 5 **Kommandanten:** militärischer Befehlshaber | 6 **Exekution:** Hinrichtung | 13 **stumpfsinniger:** geistig beschränkter | 13 f. **verwahrlostem:** ungepflegtem | 23 **wenig Sinn:** kaum Interesse

zier führte sie mit einem großen Eifer aus, sei es, dass er ein besonderer Anhänger dieses Apparates war, sei es, dass man aus anderen Gründen die Arbeit sonst niemandem anvertrauen konnte. »Jetzt ist alles fertig!« rief er endlich und stieg von der Leiter hinunter. Er war ungemein ermattet, atmete mit weit offenem Mund und hatte zwei zarte Damentaschentücher hinter den Uniformkragen gezwängt. »Diese Uniformen sind doch für die Tropen zu schwer«, sagte der Reisende, statt sich, wie es der Offizier erwartet hatte, nach dem Apparat zu erkundigen. »Gewiss«, sagte der Offizier und wusch sich die von Öl und Fett beschmutzten Hände in einem bereitstehenden Wasserkübel, »aber sie bedeuten die Heimat; wir wollen nicht die Heimat verlieren. – Nun sehen Sie aber diesen Apparat«, fügte er gleich hinzu, trocknete die Hände mit einem Tuch und zeigte gleichzeitig auf den Apparat. »Bis jetzt war noch Händearbeit nötig, von jetzt aber arbeitet der Apparat ganz allein.« Der Reisende nickte und folgte dem Offizier. Dieser suchte sich für alle Zwischenfälle zu sichern und sagte dann: »Es kommen natürlich Störungen vor; ich hoffe zwar, es wird heute keine eintreten, immerhin muss man mit ihnen rechnen. Der Apparat soll ja zwölf Stunden ununterbrochen im Gang sein. Wenn aber auch Störungen vorkommen, so sind es doch nur ganz kleine und sie werden sofort behoben sein.«

»Wollen Sie sich nicht setzen?« fragte er schließlich, zog aus einem Haufen von Rohrstühlen einen hervor und bot ihn dem Reisenden an; dieser konnte nicht ablehnen. Er saß nun am Rande einer Grube, in die er einen flüchtigen Blick warf. Sie war nicht sehr tief. Zur einen Seite der Grube war die ausgegrabene Erde zu einem Wall aufgehäuft, zur

5 **ungemein ermattet:** sehr entkräftet | 27 **Rohrstühlen:** Stühle aus Bambusrohr | 31 **Wall:** Aufschüttung der Erde

anderen Seite stand der Apparat. »Ich weiß nicht«, sagte der Offizier, »ob Ihnen der Kommandant den Apparat schon erklärt hat.« Der Reisende machte eine ungewisse Handbewegung; der Offizier verlangte nichts Besseres, denn nun konnte er selbst den Apparat erklären. »Dieser Apparat«, sagte er und fasste eine Kurbelstange, auf die er sich stützte, »ist eine Erfindung unseres früheren Kommandanten. ↗ Ich habe gleich bei den allerersten Versuchen mitgearbeitet und war auch bei allen Arbeiten bis zur Vollendung beteiligt. Das Verdienst der Erfindung allerdings gebührt ihm ganz allein. Haben Sie von unserem früheren Kommandanten gehört? Nicht? Nun, ich behaupte nicht zu viel, wenn ich sage, dass die Einrichtung der ganzen Strafkolonie sein Werk ist. Wir, seine Freunde, wussten schon bei seinem Tod, dass die Einrichtung der Kolonie so in sich geschlossen ist, dass sein Nachfolger, und habe er tausend neue Pläne im Kopf, wenigstens während vieler Jahre nichts von dem Alten wird ändern können. Unsere Voraussage ist auch eingetroffen; der neue Kommandant hat es erkennen müssen. Schade, dass Sie den früheren Kommandanten nicht gekannt haben! – Aber«, unterbrach sich der Offizier, »ich schwätze, und sein Apparat steht hier vor uns. Er besteht, wie Sie sehen, aus drei Teilen. Es haben sich im Laufe der Zeit für jeden dieser Teile gewissermaßen volkstümliche Bezeichnungen ausgebildet. Der untere heißt das Bett, der obere heißt der Zeichner, und hier der mittlere, schwebende Teil heißt die Egge.« »Die Egge?« fragte der Reisende. Er hatte nicht ganz aufmerksam zugehört, die Sonne verfing sich allzustark in dem schattenlosen Tal, man konnte schwer seine Gedanken sammeln. Umso bewundernswerter erschien ihm der Offizier, der im

10 **Verdienst:** Anerkennung | 13 f. **Strafkolonie:** Arbeitslager an einem entlegenen Ort für Strafgefangene | 15 **Kolonie:** auswärtige Besitzung eines Staates | 27 **Egge:** landwirtschaftliches Gerät zur Auflockerung des Bodens

engen, parademäßigen, mit Epauletten beschwerten, mit Schnüren behängten Waffenrock so eifrig seine Sache erklärte und außerdem, während er sprach, mit einem Schraubendreher noch hier und da an einer Schraube sich zu schaffen machte. In ähnlicher Verfassung wie der Reisende schien der Soldat zu sein. Er hatte um beide Handgelenke die Kette des Verurteilten gewickelt, stützte sich mit einer Hand auf sein Gewehr, ließ den Kopf im Genick hinunterhängen und kümmerte sich um nichts. Der Reisende wunderte sich nicht darüber, denn der Offizier sprach Französisch und Französisch verstand gewiss weder der Soldat noch der Verurteilte. Um so auffallender war es allerdings, dass der Verurteilte sich dennoch bemühte, den Erklärungen des Offiziers zu folgen. Mit einer Art schläfriger Beharrlichkeit richtete er die Blicke immer dorthin, wohin der Offizier gerade zeigte, und als dieser jetzt vom Reisenden mit einer Frage unterbrochen wurde, sah auch er, ebenso wie der Offizier, den Reisenden an.

»Ja, die Egge«, sagte der Offizier, »der Name passt. Die Nadeln sind eggenartig angeordnet, auch wird das Ganze wie eine Egge geführt, wenn auch bloß auf einem Platz und viel kunstgemäßer. Sie werden es übrigens gleich verstehen. Hier auf das Bett wird der Verurteilte gelegt. – Ich will nämlich den Apparat zuerst beschreiben und dann erst die Prozedur selbst ausführen lassen. Sie werden ihr dann besser folgen können. Auch ist ein Zahnrad im Zeichner zu stark abgeschliffen; es kreischt sehr, wenn es im Gang ist; man kann sich dann kaum verständigen; Ersatzteile sind hier leider nur schwer zu beschaffen. – Also hier ist das Bett, wie ich sagte. Es ist ganz und gar mit einer Watteschicht bedeckt; den Zweck dessen werden Sie noch erfahren. Auf

1 **Epauletten:** Achsel-, Schulterstück an Uniformen | 2 **Waffenrock:** Uniformjacke | 14 f. **schläfriger Beharrlichkeit:** Trägheit

diese Watte wird der Verurteilte bäuchlings gelegt, natürlich nackt; hier sind für die Hände, hier für die Füße, hier für den Hals Riemen, um ihn festzuschnallen. Hier am Kopfende des Bettes, wo der Mann, wie ich gesagt habe, zuerst mit dem Gesicht aufliegt, ist dieser kleine Filzstumpf, der leicht so reguliert werden kann, dass er dem Mann gerade in den Mund dringt. Er hat den Zweck, am Schreien und am Zerbeißen der Zunge zu hindern. Natürlich muss der Mann den Filz aufnehmen, da ihm sonst durch den Halsriemen das Genick gebrochen wird.« »Das ist Watte?« fragte der Reisende und beugte sich vor. »Ja gewiss«, sagte der Offizier lächelnd, »befühlen Sie es selbst.« Er fasste die Hand des Reisenden und führte sie über das Bett hin. »Es ist eine besonders präparierte Watte, darum sieht sie so unkenntlich aus; ich werde auf ihren Zweck noch zu sprechen kommen.« Der Reisende war schon ein wenig für den Apparat gewonnen; die Hand zum Schutz gegen die Sonne über den Augen, sah er an dem Apparat in die Höhe. Es war ein großer Aufbau. Das Bett und der Zeichner hatten gleichen Umfang und sahen wie zwei dunkle Truhen aus. Der Zeichner war etwa zwei Meter über dem Bett angebracht; beide waren in den Ecken durch vier Messingstangen verbunden, die in der Sonne fast Strahlen warfen. Zwischen den Truhen schwebte an einem Stahlband die Egge.

Der Offizier hatte die frühere Gleichgültigkeit des Reisenden kaum bemerkt, wohl aber hatte er für sein jetzt beginnendes Interesse Sinn; er setzte deshalb in seinen Erklärungen aus, um dem Reisenden zur ungestörten Betrachtung Zeit zu lassen. Der Verurteilte ahmte den Reisenden nach; da er die Hand nicht über die Augen legen konnte, blinzelte er mit freien Augen zur Höhe.

5 **Filzstumpf:** runder Ausläufer mit Stoff überzogen

»Nun liegt also der Mann«, sagte der Reisende, lehnte sich im Sessel zurück und kreuzte die Beine.

»Ja«, sagte der Offizier, schob ein wenig die Mütze zurück und fuhr sich mit der Hand über das heiße Gesicht, »nun hören Sie! Sowohl das Bett, als auch der Zeichner haben ihre eigene elektrische Batterie; das Bett braucht sie für sich selbst, der Zeichner für die Egge. Sobald der Mann festgeschnallt ist, wird das Bett in Bewegung gesetzt. Es zittert in winzigen, sehr schnellen Zuckungen gleichzeitig seitlich, wie auch auf und ab. Sie werden ähnliche Apparate in Heilanstalten gesehen haben; nur sind bei unserem Bett alle Bewegungen genau berechnet; sie müssen nämlich peinlich auf die Bewegungen der Egge abgestimmt sein. Dieser Egge aber ist die eigentliche Ausführung des Urteils überlassen.«

»Wie lautet denn das Urteil?« fragte der Reisende. »Sie wissen auch das nicht?« sagte der Offizier erstaunt und biss sich auf die Lippen: »Verzeihen Sie, wenn vielleicht meine Erklärungen ungeordnet sind; ich bitte Sie sehr um Entschuldigung. Die Erklärungen pflegte früher nämlich der Kommandant zu geben; der neue Kommandant aber hat sich dieser Ehrenpflicht entzogen; dass er jedoch einen so hohen Besuch« – der Reisende suchte die Ehrung mit beiden Händen abzuwehren, aber der Offizier bestand auf dem Ausdruck – »einen so hohen Besuch nicht einmal von der Form unseres Urteils in Kenntnis setzt, ist wieder eine Neuerung, die –«, er hatte einen Fluch auf den Lippen, fasste sich aber und sagte nur: »Ich wurde nicht davon verständigt, mich trifft nicht die Schuld. Übrigens bin ich allerdings am besten befähigt, unsere Urteilsarten zu erklären, denn ich trage hier« – er schlug auf seine Brusttasche – »die

11 **Heilanstalten:** psychiatrische Krankenhäuser | 13 **peinlich:** hier: äußerst genau

betreffenden Handzeichnungen des früheren Kommandanten.«

»Handzeichnungen des Kommandanten selbst?« fragte der Reisende: »Hat er denn alles in sich vereinigt? War er Soldat, Richter, Konstrukteur, Chemiker, Zeichner?«

»Jawohl«, sagte der Offizier kopfnickend, mit starrem, nachdenklichem Blick. Dann sah er prüfend seine Hände an; sie schienen ihm nicht rein genug, um die Zeichnungen anzufassen; er ging daher zum Kübel und wusch sie nochmals. Dann zog er eine kleine Ledermappe hervor und sagte: »Unser Urteil klingt nicht streng. Dem Verurteilten wird das Gebot, das er übertreten hat, mit der Egge auf den Leib geschrieben. Diesem Verurteilten zum Beispiel« – der Offizier zeigte auf den Mann – »wird auf den Leib geschrieben werden: Ehre deinen Vorgesetzten!«

Der Reisende sah flüchtig auf den Mann hin; er hielt, als der Offizier auf ihn gezeigt hatte, den Kopf gesenkt und schien alle Kraft des Gehörs anzuspannen, um etwas zu erfahren. Aber die Bewegungen seiner wulstig aneinander gedrückten Lippen zeigten offenbar, dass er nichts verstehen konnte. Der Reisende hatte Verschiedenes fragen wollen, fragte aber im Anblick des Mannes nur: »Kennt er sein Urteil?« »Nein«, sagte der Offizier und wollte gleich in seinen Erklärungen fortfahren, aber der Reisende unterbrach ihn: »Er kennt sein eigenes Urteil nicht?« »Nein«, sagte der Offizier wieder, stockte dann einen Augenblick, als verlange er vom Reisenden eine nähere Begründung seiner Frage, und sagte dann: »Es wäre nutzlos, es ihm zu verkünden. Er erfährt es ja auf seinem Leib.« Der Reisende wollte schon verstummen, da fühlte er, wie der Verurteilte seinen Blick auf ihn richtete; er schien zu fragen, ob er den geschilder-

12 f. **auf den Leib geschrieben:** hier: in den Körper gestochen | 19 **wulstig:** hier: fest, so dass sich eine Verdickung bildet

ten Vorgang billigen könne. Darum beugte sich der Reisende, der sich bereits zurückgelehnt hatte, wieder vor und fragte noch: »Aber dass er überhaupt verurteilt wurde, das weiß er doch?« »Auch nicht«, sagte der Offizier und lächelte den Reisenden an, als erwarte er nun von ihm noch einige sonderbare Eröffnungen. »Nein«, sagte der Reisende und strich sich über die Stirn hin, »dann weiß also der Mann auch jetzt noch nicht, wie seine Verteidigung aufgenommen wurde?« »Er hat keine Gelegenheit gehabt, sich zu ver. teidigen«, sagte der Offizier und sah abseits, als rede er zu sich selbst und wolle den Reisenden durch Erzählung dieser ihm selbstverständlichen Dinge nicht beschämen. »Er muss doch Gelegenheit gehabt haben, sich zu verteidigen«, sagte der Reisende und stand vom Sessel auf.

Der Offizier erkannte, dass er in Gefahr war, in der Erklärung des Apparates für lange Zeit aufgehalten zu werden; er ging daher zum Reisenden, hing sich in seinen Arm, zeigte mit der Hand auf den Verurteilten, der sich jetzt, da die Aufmerksamkeit so offenbar auf ihn gerichtet war, stramm aufstellte – auch zog der Soldat die Kette an –, und sagte: »Die Sache verhält sich folgendermaßen. Ich bin hier in der Strafkolonie zum Richter bestellt. Trotz meiner Jugend. Denn ich stand auch dem früheren Kommandanten in allen Strafsachen zur Seite und kenne auch den Apparat am besten. Der Grundsatz, nach dem ich entscheide, ist: Die Schuld ist immer zweifellos. Andere Gerichte können diesen Grundsatz nicht befolgen, denn sie sind vielköpfig und haben auch noch höhere Gerichte über sich. Das ist hier nicht der Fall, oder war es wenigstens nicht beim früheren Kommandanten. Der neue hat allerdings schon Lust gezeigt, in mein Gericht sich einzumischen, es ist mir

1 **billigen:** gutheißen, akzeptieren

aber bisher gelungen, ihn abzuwehren, und wird mir auch weiter gelingen. – Sie wollten diesen Fall erklärt haben; er ist so einfach, wie alle. Ein Hauptmann hat heute morgens die Anzeige erstattet, dass dieser Mann, der ihm als Diener zugeteilt ist und vor seiner Türe schläft, den Dienst verschlafen hat. Er hat nämlich die Pflicht, bei jedem Stundenschlag aufzustehen und vor der Tür des Hauptmanns zu salutieren. Gewiss keine schwere Pflicht und eine notwendige, denn er soll sowohl zur Bewachung als auch zur Bedienung frisch bleiben. Der Hauptmann wollte in der gestrigen Nacht nachsehen, ob der Diener seine Pflicht erfülle. Er öffnete Schlag zwei Uhr die Tür und fand ihn zusammengekrümmt schlafen. Er holte die Reitpeitsche und schlug ihm über das Gesicht. Statt nun aufzustehen und um Verzeihung zu bitten, fasste der Mann seinen Herrn bei den Beinen, schüttelte ihn und rief: ›Wirf die Peitsche weg, oder ich fresse dich.‹ – Das ist der Sachverhalt. Der Hauptmann kam vor einer Stunde zu mir, ich schrieb seine Angaben auf und anschließend gleich das Urteil. Dann ließ ich dem Mann die Ketten anlegen. Das alles war sehr einfach. Hätte ich den Mann zuerst vorgerufen und ausgefragt, so wäre nur Verwirrung entstanden. Er hätte gelogen, hätte, wenn es mir gelungen wäre, die Lügen zu widerlegen, diese durch neue Lügen ersetzt und so fort. Jetzt aber halte ich ihn und lasse ihn nicht mehr. – Ist nun alles erklärt? Aber die Zeit vergeht, die Exekution sollte schon beginnen, und ich bin mit der Erklärung des Apparates noch nicht fertig.« Er nötigte den Reisenden auf den Sessel nieder, trat wieder zu dem Apparat und begann: »Wie Sie sehen, entspricht die Egge der Form des Menschen; hier ist die Egge für den Oberkörper, hier sind die

Eggen für die Beine. Für den Kopf ist nur dieser kleine Stichel bestimmt. Ist Ihnen das klar?« Er beugte sich freundlich zu dem Reisenden vor, bereit zu den umfassendsten Erklärungen.

Der Reisende sah mit gerunzelter Stirn die Egge an. Die Mitteilungen über das Gerichtsverfahren hatten ihn nicht befriedigt. Immerhin musste er sich sagen, dass es sich hier um eine Strafkolonie handelte, dass hier besondere Maßregeln notwendig waren und dass man bis zum Letzten militärisch vorgehen musste. Außerdem aber setzte er einige Hoffnung auf den neuen Kommandanten, der offenbar, allerdings langsam, ein neues Verfahren einzuführen beabsichtigte, das dem beschränkten Kopf dieses Offiziers nicht eingehen konnte. Aus diesem Gedankengang heraus fragte der Reisende: »Wird der Kommandant der Exekution beiwohnen?« »Es ist nicht gewiss«, sagte der Offizier, durch die unvermittelte Frage peinlich berührt, und seine freundliche Miene verzerrte sich: »Gerade deshalb müssen wir uns beeilen. Ich werde sogar, so leid es mir tut, meine Erklärungen abkürzen müssen. Aber ich könnte ja morgen, wenn der Apparat wieder gereinigt ist – dass er so sehr beschmutzt wird, ist sein einziger Fehler – die näheren Erklärungen nachtragen. Jetzt also nur das Notwendigste. – Wenn der Mann auf dem Bett liegt und dieses ins Zittern gebracht ist, wird die Egge auf den Körper gesenkt. Sie stellt sich von selbst so ein, dass sie nur knapp mit den Spitzen den Körper berührt; ist die Einstellung vollzogen, strafft sich sofort dieses Stahlseil zu einer Stange. Und nun beginnt das Spiel. Ein Nichteingeweihter merkt äußerlich keinen Unterschied in den Strafen. Die Egge scheint gleichförmig zu arbeiten. Zitternd sticht sie ihre Spitzen in den Kör-

1 f. **Stichel:** Spitze | 12 **ein neues Verfahren:** neue Methoden | 17 **peinlich:** hier: unangenehm

per ein, der überdies vom Bett aus zittert. Um es nun jedem zu ermöglichen, die Ausführung des Urteils zu überprüfen, wurde die Egge aus Glas gemacht. Es hat einige technische Schwierigkeiten verursacht, die Nadeln darin zu befestigen, es ist aber nach vielen Versuchen gelungen. Wir haben eben keine Mühe gescheut. Und nun kann jeder durch das Glas sehen, wie sich die Inschrift im Körper vollzieht. Wollen Sie nicht näher kommen und sich die Nadeln ansehen?«

Der Reisende erhob sich langsam, ging hin und beugte sich über die Egge. »Sie sehen«, sagte der Offizier, »zweierlei Nadeln in vielfacher Anordnung. Jede lange hat eine kurze neben sich. Die lange schreibt nämlich, und die kurze spritzt Wasser aus, um das Blut abzuwaschen und die Schrift immer klar zu erhalten. Das Blutwasser wird dann hier in kleine Rinnen geleitet und fließt endlich in diese Hauptrinne, deren Abflussrohr in die Grube führt.« Der Offizier zeigte mit dem Finger genau den Weg, den das Blutwasser nehmen musste. Als er es, um es möglichst anschaulich zu machen, an der Mündung des Abflussrohres mit beiden Händen förmlich auffing, erhob der Reisende den Kopf und wollte, mit der Hand rückwärts tastend, zu seinem Sessel zurückgehen. Da sah er zu seinem Schrecken, dass auch der Verurteilte gleich ihm der Einladung des Offiziers, sich die Einrichtung der Egge aus der Nähe anzusehen, gefolgt war. Er hatte den verschlafenen Soldaten an der Kette ein wenig vorgezerrt und sich auch über das Glas gebeugt. Man sah, wie er mit unsicheren Augen auch das suchte, was die zwei Herren eben beobachtet hatten, wie es ihm aber, da ihm die Erklärung fehlte, nicht gelingen wollte. Er beugte sich hierhin und dorthin. Immer

21 **förmlich:** regelrecht, als würde es wahrhaftig passieren

wieder lief er mit den Augen das Glas ab. Der Reisende wollte ihn zurücktreiben, denn, was er tat, war wahrscheinlich strafbar. Aber der Offizier hielt den Reisenden mit einer Hand fest, nahm mit der anderen eine Erdscholle vom Wall und warf sie nach dem Soldaten. Dieser hob mit einem Ruck die Augen, sah, was der Verurteilte gewagt hatte, ließ das Gewehr fallen, stemmte die Füße mit den Absätzen in den Boden, riss den Verurteilten zurück, dass er gleich niederfiel, und sah dann auf ihn hinunter, wie er sich wand und mit seinen Ketten klirrte. »Stell ihn auf!« schrie der Offizier, denn er merkte, dass der Reisende durch den Verurteilten allzusehr abgelenkt wurde. Der Reisende beugte sich sogar über die Egge hinweg, ohne sich um sie zu kümmern, und wollte nur feststellen, was mit dem Verurteilten geschehe. »Behandle ihn sorgfältig!« schrie der Offizier wieder. Er umlief den Apparat, fasste selbst den Verurteilten unter den Achseln und stellte ihn, der öfters mit den Füßen ausglitt, mit Hilfe des Soldaten auf.

»Nun weiß ich schon alles«, sagte der Reisende, als der Offizier wieder zu ihm zurückkehrte. »Bis auf das Wichtigste«, sagte dieser, ergriff den Reisenden am Arm und zeigte in die Höhe: »Dort im Zeichner ist das Räderwerk, welches die Bewegung der Egge bestimmt, und dieses Räderwerk wird nach der Zeichnung, auf welche das Urteil lautet, angeordnet. Ich verwende noch die Zeichnungen des früheren Kommandanten. Hier sind sie« – er zog einige Blätter aus der Ledermappe – »ich kann sie Ihnen aber leider nicht in die Hand geben, sie sind das Teuerste, was ich habe. Setzen Sie sich, ich zeige sie Ihnen aus dieser Entfernung, dann werden Sie alles gut sehen können.« Er zeigte das erste Blatt. Der Reisende hätte gerne etwas Anerken-

22 **Räderwerk:** Getriebe

nendes gesagt, aber er sah nur labyrinthartige, einander vielfach kreuzende Linien, die so dicht das Papier bedeckten, dass man nur mit Mühe die weißen Zwischenräume erkannte. »Lesen Sie«, sagte der Offizier. »Ich kann nicht«, sagte der Reisende. »Es ist doch deutlich«, sagte der Offizier. »Es ist sehr kunstvoll«, sagte der Reisende ausweichend, »aber ich kann es nicht entziffern.« »Ja«, sagte der Offizier, lachte und steckte die Mappe wieder ein, »es ist keine Schönschrift für Schulkinder. Man muss lange darin lesen. Auch Sie würden es schließlich gewiss erkennen. Es darf natürlich keine einfache Schrift sein; sie soll ja nicht sofort töten, sondern durchschnittlich erst in einem Zeitraum von zwölf Stunden; für die sechste Stunde ist der Wendepunkt berechnet. Es müssen also viele, viele Zierraten die eigentliche Schrift umgeben; die wirkliche Schrift umzieht den Leib nur in einem schmalen Gürtel; der übrige Körper ist für Verzierungen bestimmt. Können Sie jetzt die Arbeit der Egge und des ganzen Apparates würdigen? – Sehen Sie doch!« Er sprang auf die Leiter, drehte ein Rad, rief hinunter: »Achtung, treten Sie zur Seite«, und alles kam in Gang. Hätte das Rad nicht gekreischt, es wäre herrlich gewesen. Als sei der Offizier von diesem störenden Rad überrascht, drohte er ihm mit der Faust, breitete dann, sich entschuldigend, zum Reisenden hin die Arme aus und kletterte eilig hinunter, um den Gang des Apparates von unten zu beobachten. Noch war etwas nicht in Ordnung, das nur er merkte; er kletterte wieder hinauf, griff mit beiden Händen in das Innere des Zeichners, glitt dann, um rascher hinunterzukommen, statt die Leiter zu benutzen, an der einen Stange hinunter und schrie nun, um sich im Lärm verständlich zu machen, mit äußerster Anspannung dem

14 f. **Zierraten:** Verzierungen

Reisenden ins Ohr: »Begreifen Sie den Vorgang? Die Egge fängt zu schreiben an; ist sie mit der ersten Anlage der Schrift auf dem Rücken des Mannes fertig, rollt die Watteschicht und wälzt den Körper langsam auf die Seite, um der Egge neuen Raum zu bieten. Inzwischen legen sich die wundbeschriebenen Stellen auf die Watte, welche infolge der besonderen Präparierung sofort die Blutung stillt und zu neuer Vertiefung der Schrift vorbereitet. Hier die Zacken am Rande der Egge reißen dann beim weiteren Umwälzen des Körpers die Watte von den Wunden, schleudern sie in die Grube, und die Egge hat wieder Arbeit. So ↗ schreibt sie immer tiefer die zwölf Stunden lang. Die ersten sechs Stunden lebt der Verurteilte fast wie früher, er leidet nur Schmerzen. Nach zwei Stunden wird der Filz entfernt, denn der Mann hat keine Kraft zum Schreien mehr. Hier in diesen elektrisch geheizten Napf am Kopfende wird warmer Reisbrei gelegt, aus dem der Mann, wenn er Lust hat, nehmen kann, was er mit der Zunge erhascht. Keiner versäumt die Gelegenheit. Ich weiß keinen, und meine Erfahrung ist groß. Erst um die sechste Stunde verliert er das Vergnügen am Essen. Ich knie dann gewöhnlich hier nieder und beobachte diese Erscheinung. Der Mann schluckt den letzten Bissen selten, er dreht ihn nur im Mund und speit ihn in die Grube. Ich muss mich dann bükken, sonst fährt es mir ins Gesicht. Wie still wird dann aber der Mann um die sechste Stunde! Verstand geht dem Blödesten auf. Um die Augen beginnt es. Von hier aus verbreitet es sich. Ein Anblick, der einen verführen könnte, sich mit unter die Egge zu legen. Es geschieht ja nichts weiter, der Mann fängt bloß an, die Schrift zu entziffern, er spitzt den Mund, als horche er. Sie haben gesehen, es ist nicht leicht, die Schrift

16 **Napf:** kleine, runde Schüssel | 26 **Blödesten:** Dümmsten

mit den Augen zu entziffern; unser Mann entziffert sie aber mit seinen Wunden. Es ist allerdings viel Arbeit; er braucht sechs Stunden zu ihrer Vollendung. Dann aber spießt ihn die Egge vollständig auf und wirft ihn in die Grube, wo er auf das Blutwasser und die Watte niederklatscht. Dann ist das Gericht zu Ende, und wir, ich und der Soldat, scharren ihn ein.«

Der Reisende hatte das Ohr zum Offizier geneigt und sah, die Hände in den Rocktaschen, der Arbeit der Maschine zu. Auch der Verurteilte sah ihr zu, aber ohne Verständnis. Er bückte sich ein wenig und verfolgte die schwankenden Nadeln, als ihm der Soldat, auf ein Zeichen des Offiziers, mit einem Messer hinten Hemd und Hose durchschnitt, so dass sie von dem Verurteilten abfielen; er wollte nach dem fallenden Zeug greifen, um seine Blöße zu bedecken, aber der Soldat hob ihn in die Höhe und schüttelte die letzten Fetzen von ihm ab. Der Offizier stellte die Maschine ein, und in der jetzt eintretenden Stille wurde der Verurteilte unter die Egge gelegt. Die Ketten wurden gelöst, und stattdessen die Riemen befestigt; es schien für den Verurteilten im ersten Augenblick fast eine Erleichterung zu bedeuten. Und nun senkte sich die Egge noch ein Stück tiefer, denn es war ein magerer Mann. Als ihn die Spitzen berührten, ging ein Schauer über seine Haut; er streckte, während der Soldat mit seiner rechten Hand beschäftigt war, die linke aus, ohne zu wissen wohin; es war aber die Richtung, wo der Reisende stand. Der Offizier sah ununterbrochen den Reisenden von der Seite an, als suche er von seinem Gesicht den Eindruck abzulesen, den die Exekution, die er ihm nun wenigstens oberflächlich erklärt hatte, auf ihn mache.

20 **Riemen:** längeres schmales Band aus Leder

Der Riemen, der für das Handgelenk bestimmt war, riss; wahrscheinlich hatte ihn der Soldat zu stark angezogen. Der Offizier sollte helfen, der Soldat zeigte ihm das abgerissene Riemenstück. Der Offizier ging auch zu ihm hinüber und sagte, das Gesicht dem Reisenden zugewendet: »Die Maschine ist sehr zusammengesetzt, es muss hie und da etwas reißen oder brechen; dadurch darf man sich aber im Gesamturteil nicht beirren lassen. Für den Riemen ist übrigens sofort Ersatz geschafft; ich werde eine Kette verwenden; die Zartheit der Schwingung wird dadurch für den rechten Arm allerdings beeinträchtigt.« Und während er die Ketten anlegte, sagte er noch: »Die Mittel zur Erhaltung der Maschine sind jetzt sehr eingeschränkt. Unter dem früheren Kommandanten war eine mir frei zugängliche Kassa nur für diesen Zweck bestimmt. Es gab hier ein Magazin, in dem alle möglichen Ersatzstücke aufbewahrt wurden. Ich gestehe, ich trieb damit fast Verschwendung, ich meine früher, nicht jetzt, wie der neue Kommandant behauptet, dem alles nur zum Vorwand dient, alte Einrichtungen zu bekämpfen. Jetzt hat er die Maschinenkassa in eigener Verwaltung, und schicke ich um einen neuen Riemen, wird der zerrissene als Beweisstück verlangt, der neue kommt erst in zehn Tagen, ist dann aber von schlechterer Sorte und taugt nicht viel. Wie ich aber in der Zwischenzeit ohne Riemen die Maschine betreiben soll, darum kümmert sich niemand.«

Der Reisende überlegte: Es ist immer bedenklich, in fremde Verhältnisse entscheidend einzugreifen. Er war weder Bürger der Strafkolonie, noch Bürger des Staates, dem sie angehörte. Wenn er diese Exekution verurteilen oder gar hintertreiben wollte, konnte man ihm sagen: Du

15 **Kassa:** Kasse | 16 **Magazin:** Lagerhaus | 31 **hintertreiben:** durchkreuzen, entgegenwirken

bist ein Fremder, sei still. Darauf hätte er nichts erwidern, sondern nur hinzufügen können, dass er sich in diesem Falle selbst nicht begreife, denn er reise nur mit der Absicht zu sehen und keineswegs etwa, um fremde Gerichtsverfassungen zu ändern. Nun lagen aber hier die Dinge allerdings sehr verführerisch. Die Ungerechtigkeit des Verfahrens und die Unmenschlichkeit der Exekution war zweifellos. Niemand konnte irgendeine Eigennützigkeit des Reisenden annehmen, denn der Verurteilte war ihm fremd, kein Landsmann und ein zum Mitleid gar nicht auffordernder Mensch. Der Reisende selbst hatte Empfehlungen hoher Ämter, war hier mit großer Höflichkeit empfangen worden, und dass er zu dieser Exekution eingeladen worden war, schien sogar darauf hinzudeuten, dass man sein Urteil über dieses Gericht verlangte. Dies war aber umso wahrscheinlicher, als der Kommandant, wie er jetzt überdeutlich gehört hatte, kein Anhänger dieses Verfahrens war und sich gegenüber dem Offizier fast feindselig verhielt.

Da hörte der Reisende einen Wutschrei des Offiziers. Er hatte gerade, nicht ohne Mühe, dem Verurteilten den Filzstumpf in den Mund geschoben, als der Verurteilte in einem unwiderstehlichen Brechreiz die Augen schloss und sich erbrach. Eilig riss ihn der Offizier vom Stumpf in die Höhe und wollte den Kopf zur Grube hindrehen; aber es war zu spät, der Unrat floss schon an der Maschine hinab. »Alles Schuld des Kommandanten!« schrie der Offizier und rüttelte besinnungslos vorn an den Messingstangen, »die Maschine wird mir verunreinigt wie ein Stall.« Er zeigte mit zitternden Händen dem Reisenden, was geschehen war. »Habe ich nicht stundenlang dem Kommandanten begreiflich zu machen gesucht, dass einen Tag vor der Exekution kein Essen mehr verabfolgt werden soll. Aber die neue milde Richtung ist anderer Meinung. Die Damen des Kommandanten stopfen dem Mann, ehe er abgeführt wird, den Hals mit Zuckersachen voll. Sein ganzes Leben hat er sich von stinkenden Fischen genährt und muss jetzt Zuckersachen essen! Aber es wäre ja möglich, ich würde nichts einwenden, aber warum schafft man nicht einen neuen Filz an, wie ich ihn seit einem Vierteljahr erbitte. Wie kann man ohne Ekel diesen Filz in den Mund nehmen, an dem mehr als hundert Männer im Sterben gesaugt und gebissen haben?«

Der Verurteilte hatte den Kopf niedergelegt und sah friedlich aus, der Soldat war damit beschäftigt, mit dem Hemd des Verurteilten die Maschine zu putzen. Der Offizier ging zum Reisenden, der in irgendeiner Ahnung einen Schritt zurücktrat, aber der Offizier fasste ihn bei der Hand und zog ihn zur Seite. »Ich will einige Worte im Vertrauen mit Ihnen sprechen«, sagte er, »ich darf das doch?« »Gewiss«, sagte der Reisende und hörte mit gesenkten Augen zu.

»Dieses Verfahren und diese Hinrichtung, die Sie jetzt zu bewundern Gelegenheit haben, hat gegenwärtig in unserer Kolonie keinen offenen Anhänger mehr. Ich bin ihr einziger Vertreter, gleichzeitig der einzige Vertreter des Erbes des alten Kommandanten. An einen weiteren Ausbau des Verfahrens kann ich nicht mehr denken, ich verbrauche alle meine Kräfte, um zu erhalten, was vorhanden ist. Als der alte Kommandant lebte, war die Kolonie von seinen Anhängern voll; die Überzeugungskraft des alten Kommandanten habe ich zum Teil, aber seine Macht fehlt

6 f. **Zuckersachen:** Süßigkeiten

mir ganz; infolgedessen haben sich die Anhänger verkrochen, es gibt noch viele, aber keiner gesteht es ein. Wenn Sie heute, also an einem Hinrichtungstag, ins Teehaus gehen und herumhorchen, werden Sie vielleicht nur zweideutige Äußerungen hören. Das sind lauter Anhänger, aber unter dem gegenwärtigen Kommandanten und bei seinen gegenwärtigen Anschauungen für mich ganz unbrauchbar. Und nun frage ich Sie: Soll wegen dieses Kommandanten und seiner Frauen, die ihn beeinflussen, ein solches Lebenswerk« – er zeigte auf die Maschine – »zugrunde gehen? Darf man das zulassen? Selbst wenn man nur als Fremder ein paar Tage auf unserer Insel ist? Es ist aber keine Zeit zu verlieren, man bereitet etwas gegen meine Gerichtsbarkeit vor; es finden schon Beratungen in der Kommandatur statt, zu denen ich nicht zugezogen werde; sogar Ihr heutiger Besuch scheint mir für die ganze Lage bezeichnend; man ist feig und schickt Sie, einen Fremden, vor. – Wie war die Exekution anders in früherer Zeit! Schon einen Tag vor der Hinrichtung war das ganze Tal von Menschen überfüllt; alle kamen nur um zu sehen; früh am Morgen erschien der Kommandant mit seinen Damen; Fanfaren weckten den ganzen Lagerplatz; ich erstattete die Meldung, dass alles vorbereitet sei; die Gesellschaft – kein hoher Beamte durfte fehlen – ordnete sich um die Maschine; dieser Haufen Rohrsessel ist ein armseliges Überbleibsel aus jener Zeit. Die Maschine glänzte frisch geputzt, fast zu jeder Exekution nahm ich neue Ersatzstücke. Vor hunderten Augen – alle Zuschauer standen auf den Fußspitzen bis dort zu den Anhöhen – wurde der Verurteilte vom Kommandanten selbst unter die Egge gelegt. Was heute ein gemeiner Soldat tun darf, war damals meine, des

22 **Fanfaren:** Trompetensignale

Gerichtspräsidenten, Arbeit und ehrte mich. Und nun begann die Exekution! Kein Misston störte die Arbeit der Maschine. Manche sahen nun gar nicht mehr zu, sondern lagen mit geschlossenen Augen im Sand; alle wussten: Jetzt geschieht Gerechtigkeit. In der Stille hörte man nur das Seufzen des Verurteilten, gedämpft durch den Filz. Heute gelingt es der Maschine nicht mehr, dem Verurteilten ein stärkeres Seufzen auszupressen, als der Filz noch ersticken kann; damals aber tropften die schreibenden Nadeln eine beizende Flüssigkeit aus, die heute nicht mehr verwendet werden darf. Nun, und dann kam die sechste Stunde! Es war unmöglich, allen die Bitte, aus der Nähe zuschauen zu dürfen, zu gewähren. Der Kommandant in seiner Einsicht ordnete an, dass vor allem die Kinder berücksichtigt werden sollten; ich allerdings durfte kraft meines Berufes immer dabeistehen; oft hockte ich dort, zwei kleine Kinder rechts und links in meinen Armen. Wie nahmen wir alle den Ausdruck der Verklärung von dem gemarterten Gesicht, wie hielten wir unsere Wangen in den Schein dieser endlich erreichten und schon vergehenden Gerechtigkeit! Was für Zeiten, mein Kamerad!« Der Offizier hatte offenbar vergessen, wer vor ihm stand; er hatte den Reisenden umarmt und den Kopf auf seine Schulter gelegt. Der Reisende war in großer Verlegenheit, ungeduldig sah er über den Offizier hinweg. Der Soldat hatte die Reinigungsarbeit beendet und jetzt noch aus einer Büchse Reisbrei in den Napf geschüttet. Kaum merkte dies der Verurteilte, der sich schon vollständig erholt zu haben schien, als er mit der Zunge nach dem Brei zu schnappen begann. Der Soldat stieß ihn immer wieder weg, denn der Brei war wohl für eine spätere Zeit bestimmt, aber ungehörig war es

10 **beizende:** ätzende | 18 **Ausdruck der Verklärung:** Ausdruck der Seligkeit | 18 f. **gemarterten Gesicht:** gequälten Gesicht

jedenfalls auch, dass der Soldat mit seinen schmutzigen Händen hineingriff und vor dem gierigen Verurteilten davon aß.

Der Offizier fasste sich schnell. »Ich wollte Sie nicht etwa rühren«, sagte er, »ich weiß, es ist unmöglich, jene Zeiten heute begreiflich zu machen. Im Übrigen arbeitet die Maschine noch und wirkt für sich. Sie wirkt für sich, auch wenn sie allein in diesem Tale steht. Und die Leiche fällt zum Schluss noch immer in dem unbegreiflich sanften Flug in die Grube, auch wenn nicht, wie damals, Hunderte wie Fliegen um die Grube sich versammeln. Damals mussten wir ein starkes Geländer um die Grube anbringen, es ist längst weggerissen.«

Der Reisende wollte sein Gesicht dem Offizier entziehen und blickte ziellos herum. Der Offizier glaubte, er betrachte die Öde des Tales; er ergriff deshalb seine Hände, drehte sich um ihn, um seine Blicke zu fassen, und fragte: »Merken Sie die Schande?«

Aber der Reisende schwieg. Der Offizier ließ für ein Weilchen von ihm ab; mit auseinandergestellten Beinen, die Hände in den Hüften, stand er still und blickte zu Boden. Dann lächelte er dem Reisenden aufmunternd zu und sagte: »Ich war gestern in Ihrer Nähe, als der Kommandant Sie einlud. Ich hörte die Einladung. Ich kenne den Kommandanten. Ich verstand sofort, was er mit der Einladung bezweckte. Trotzdem seine Macht groß genug wäre, um gegen mich einzuschreiten, wagt er es noch nicht, wohl aber will er mich Ihrem, dem Urteil eines angesehenen Fremden aussetzen. Seine Berechnung ist sorgfältig; Sie sind den zweiten Tag auf der Insel, Sie kannten den alten Kommandanten und seinen Gedankenkreis nicht, Sie sind

16 **Öde:** unfruchtbares, unwirtliches Land | 26 **Trotzdem:** hier: obwohl (Pragismus, eine Besonderheit des Prager Deutsch)

in europäischen Anschauungen befangen, vielleicht sind Sie ein grundsätzlicher Gegner der Todesstrafe im Allgemeinen und einer derartigen maschinellen Hinrichtungsart im Besonderen, Sie sehen überdies, wie die Hinrichtung ohne öffentliche Anteilnahme, traurig, auf einer bereits etwas beschädigten Maschine vor sich geht – wäre es nun, alles dieses zusammengenommen (so denkt der Kommandant), nicht sehr leicht möglich, dass Sie mein Verfahren nicht für richtig halten? Und wenn Sie es nicht für richtig halten, werden Sie dies (ich rede noch immer im Sinne des Kommandanten) nicht verschweigen, denn Sie vertrauen doch gewiss Ihren vielerprobten Überzeugungen. Sie haben allerdings viele Eigentümlichkeiten vieler Völker gesehen und achten gelernt, Sie werden daher wahrscheinlich sich nicht mit ganzer Kraft, wie Sie es vielleicht in Ihrer Heimat tun würden, gegen das Verfahren aussprechen. Aber dessen bedarf der Kommandant gar nicht. Ein flüchtiges, ein bloß unvorsichtiges Wort genügt. Es muss gar nicht Ihrer Überzeugung entsprechen, wenn es nur scheinbar seinem Wunsche entgegenkommt. Dass er Sie mit aller Schlauheit ausfragen wird, dessen bin ich gewiss. Und seine Damen werden im Kreis herumsitzen und die Ohren spitzen; Sie werden etwa sagen: ›Bei uns ist das Gerichtsverfahren ein anderes‹, oder ›Bei uns wird der Angeklagte vor dem Urteil verhört‹, oder ›Bei uns erfährt der Verurteilte das Urteil‹, oder ›Bei uns gibt es auch andere Strafen als Todesstrafen‹, oder ›Bei uns gab es Folterungen nur im Mittelalter‹. Das alles sind Bemerkungen, die ebenso richtig sind, als sie Ihnen selbstverständlich erscheinen, unschuldige Bemerkungen, die mein Verfahren nicht antasten. Aber wie wird sie der Kommandant aufnehmen?

Ich sehe ihn, den guten Kommandanten, wie er sofort den Stuhl beiseite schiebt und auf den Balkon eilt, ich sehe seine Damen, wie sie ihm nachströmen, ich höre seine Stimme – die Damen nennen sie eine Donnerstimme –, nun, und er spricht: ›Ein großer Forscher des Abendlandes, dazu bestimmt, das Gerichtsverfahren in allen Ländern zu überprüfen, hat eben gesagt, dass unser Verfahren nach altem Brauch ein unmenschliches ist. Nach diesem Urteil einer solchen Persönlichkeit ist es mir natürlich nicht mehr möglich, dieses Verfahren zu dulden. Mit dem heutigen Tage also ordne ich an – usw.‹ Sie wollen eingreifen, Sie haben nicht das gesagt, was er verkündet, Sie haben mein Verfahren nicht unmenschlich genannt, im Gegenteil, Ihrer tiefen Einsicht entsprechend halten Sie es für das menschlichste und menschenwürdigste, Sie bewundern auch diese Maschinerie – aber es ist zu spät; Sie kommen gar nicht auf den Balkon, der schon voll Damen ist; Sie wollen sich bemerkbar machen; Sie wollen schreien; aber eine Damenhand hält Ihnen den Mund zu – und ich und das Werk des alten Kommandanten sind verloren.«

Der Reisende musste ein Lächeln unterdrücken; so leicht war also die Aufgabe, die er für so schwer gehalten hatte. Er sagte ausweichend: »Sie überschätzen meinen Einfluss; der Kommandant hat mein Empfehlungsschreiben gelesen, er weiß, dass ich kein Kenner der gerichtlichen Verfahren bin. Wenn ich eine Meinung aussprechen würde, so wäre es die Meinung eines Privatmannes, um nichts bedeutender als die Meinung eines beliebigen anderen, und jedenfalls viel bedeutungsloser als die Meinung des Kommandanten, der in dieser Strafkolonie, wie ich zu wissen glaube, sehr ausgedehnte Rechte hat. Ist seine Meinung über dieses Verfahren eine so bestimmte, wie Sie glauben, dann, fürchte ich, ist allerdings das Ende dieses Verfahrens gekommen, ohne dass es meiner bescheidenen Mithilfe bedürfte.«

Begriff es schon der Offizier? Nein, er begriff noch nicht. Er schüttelte lebhaft den Kopf, sah kurz nach dem Verurteilten und dem Soldaten zurück, die zusammenzuckten und vom Reis abließen, ging ganz nahe an den Reisenden heran, blickte ihm nicht ins Gesicht, sondern irgendwohin auf seinen Rock und sagte leiser als früher: »Sie kennen den Kommandanten nicht; Sie stehen ihm und uns allen – verzeihen Sie den Ausdruck – gewissermaßen harmlos gegenüber; Ihr Einfluss, glauben Sie mir, kann nicht hoch genug eingeschätzt werden. Ich war ja glückselig, als ich hörte, dass Sie allein der Exekution beiwohnen sollten. Diese Anordnung des Kommandanten sollte mich treffen, nun aber wende ich sie zu meinen Gunsten. Unabgelenkt von falschen Einflüsterungen und verächtlichen Blicken – wie sie bei größerer Teilnahme an der Exekution nicht hätten vermieden werden können – haben Sie meine Erklärungen angehört, die Maschine gesehen und sind nun im Begriffe, die Exekution zu besichtigen. Ihr Urteil steht gewiss schon fest; sollten noch kleine Unsicherheiten bestehen, so wird sie der Anblick der Exekution beseitigen. Und nun stelle ich an Sie die Bitte: helfen Sie mir gegenüber dem Kommandanten!«

Der Reisende ließ ihn nicht weiter reden. »Wie könnte ich denn das«, rief er aus, »das ist ganz unmöglich. Ich kann Ihnen ebenso wenig nützen als ich Ihnen schaden kann.«

»Sie können es«, sagte der Offizier. Mit einiger Befürchtung sah der Reisende, dass der Offizier die Fäuste ballte.

21 **sind nun im Begriffe:** hier: sind bereit

»Sie können es«, wiederholte der Offizier noch dringender. »Ich habe einen Plan, der gelingen muss. Sie glauben, Ihr Einfluss genüge nicht. Ich weiß, dass er genügt. Aber zugestanden, dass Sie recht haben, ist es denn nicht notwendig, zur Erhaltung dieses Verfahrens alles, selbst das möglicherweise Unzureichende zu versuchen? Hören Sie also meinen Plan. Zu seiner Ausführung ist es vor allem nötig, dass Sie heute in der Kolonie mit Ihrem Urteil über das Verfahren möglichst zurückhalten. Wenn man Sie nicht geradezu fragt, dürfen Sie sich keinesfalls äußern; Ihre Äußerungen aber müssen kurz und unbestimmt sein; man soll merken, dass es Ihnen schwer wird, darüber zu sprechen, dass Sie verbittert sind, dass Sie, falls Sie offen reden sollten, geradezu in Verwünschungen ausbrechen müssten. Ich verlange nicht, dass Sie lügen sollen; keineswegs; Sie sollen nur kurz antworten, etwa: ›Ja, ich habe die Exekution gesehen‹, oder ›Ja, ich habe alle Erklärungen gehört‹. Nur das, nichts weiter. Für die Verbitterung, die man Ihnen anmerken soll, ist ja genügend Anlass, wenn auch nicht im Sinne des Kommandanten. Er natürlich wird es vollständig missverstehen und in seinem Sinne deuten. Darauf gründet sich mein Plan. Morgen findet in der Kommandatur unter dem Vorsitz des Kommandanten eine große Sitzung aller höheren Verwaltungsbeamten statt. Der Kommandant hat es natürlich verstanden, aus solchen Sitzungen eine Schaustellung zu machen. Es wurde eine Galerie gebaut, die mit Zuschauern immer besetzt ist. Ich bin gezwungen an den Beratungen teilzunehmen, aber der Widerwille schüttelt mich. Nun werden Sie gewiss auf jeden Fall zu der Sitzung eingeladen werden; wenn Sie sich heute meinem Plane gemäß verhalten, wird die Einladung zu einer drin-

14 **Verwünschungen:** Flüche | 22 **Kommandatur:** eigentl.: Kommandantur; von einem Kommandanten geleitete Dienststelle | 26 **Schaustellung:** Aufführung | 26 **Galerie:** hier: Balkon bzw. oberster Rang im Theater

genden Bitte werden. Sollten Sie aber aus irgendeinem unerfindlichen Grunde doch nicht eingeladen werden, so müssten Sie allerdings die Einladung verlangen; dass Sie sie dann erhalten, ist zweifellos. Nun sitzen Sie also morgen mit den Damen in der Loge des Kommandanten. Er versichert sich öfters durch Blicke nach oben, dass Sie da sind. Nach verschiedenen gleichgültigen, lächerlichen, nur für die Zuhörer berechneten Verhandlungsgegenständen – meistens sind es Hafenbauten, immer wieder Hafenbauten! – kommt auch das Gerichtsverfahren zur Sprache. Sollte es vonseiten des Kommandanten nicht oder nicht bald genug geschehen, so werde ich dafür sorgen, dass es geschieht. Ich werde aufstehen und die Meldung von der heutigen Exekution erstatten. Ganz kurz, nur diese Meldung. Eine solche Meldung ist zwar dort nicht üblich, aber ich tue es doch. Der Kommandant dankt mir, wie immer, mit freundlichem Lächeln und nun, er kann sich nicht zurückhalten, erfasst er die gute Gelegenheit. ›Es wurde eben‹, so oder ähnlich wird er sprechen, ›die Meldung von der Exekution erstattet. Ich möchte dieser Meldung nur hinzufügen, dass gerade dieser Exekution der große Forscher beigewohnt hat, von dessen unsere Kolonie so außerordentlich ehrendem Besuch Sie alle wissen. Auch unsere heutige Sitzung ist durch seine Anwesenheit in ihrer Bedeutung erhöht. Wollen wir nun nicht an diesen großen Forscher die Frage richten, wie er die Exekution nach altem Brauch und das Verfahren, das ihr vorhergeht, beurteilt?‹ Natürlich überall Beifallklatschen, allgemeine Zustimmung, ich bin der lauteste. Der Kommandant verbeugt sich vor Ihnen und sagt: ›Dann stelle ich im Namen aller die Frage.‹ Und nun treten Sie an die Brüstung. Legen Sie die

5 **Loge:** exklusiver Raum mit mehreren Sitzplätzen im Theater

Hände für alle sichtbar hin, sonst fassen sie die Damen und spielen mit den Fingern. – Und jetzt kommt endlich Ihr Wort. Ich weiß nicht, wie ich die Spannung der Stunden bis dahin ertragen werde. In Ihrer Rede müssen Sie sich keine Schranken setzen, machen Sie mit der Wahrheit Lärm, beugen Sie sich über die Brüstung, brüllen Sie, aber ja, brüllen Sie dem Kommandanten Ihre Meinung, Ihre unerschütterliche Meinung zu. Aber vielleicht wollen Sie das nicht, es entspricht nicht Ihrem Charakter, in Ihrer Heimat verhält man sich vielleicht in solchen Lagen anders, auch das ist richtig, auch das genügt vollkommen, stehen Sie gar nicht auf, sagen Sie nur ein paar Worte, flüstern Sie sie, dass sie gerade noch die Beamten unter Ihnen hören, es genügt, Sie müssen gar nicht selbst von der mangelnden Teilnahme an der Exekution, von dem kreischenden Rad, dem zerrissenen Riemen, dem widerlichen Filz reden, nein, alles Weitere übernehme ich, und glauben Sie, wenn meine Rede ihn nicht aus dem Saale jagt, so wird sie ihn auf die Knie zwingen, dass er bekennen muss: Alter Kommandant, vor dir beuge ich mich. – Das ist mein Plan; wollen Sie mir zu seiner Ausführung helfen? Aber natürlich wollen Sie, mehr als das, Sie müssen.« Und der Offizier fasste den Reisenden an beiden Armen und sah ihm schweratmend ins Gesicht. Die letzten Sätze hatte er so geschrien, dass selbst der Soldat und der Verurteilte aufmerksam geworden waren; trotzdem sie nichts verstehen konnten, hielten sie doch im Essen inne und sahen kauend zum Reisenden hinüber.

Die Antwort, die er zu geben hatte, war für den Reisenden von allem Anfang an zweifellos; er hatte in seinem Leben zu viel erfahren, als dass er hier hätte schwanken können; er war im Grunde ehrlich und hatte keine Furcht. Trotzdem zögerte er jetzt im Anblick des Soldaten und des Verurteilten einen Atemzug lang. Schließlich aber sagte er, wie er musste: »Nein.« Der Offizier blinzelte mehrmals mit den Augen, ließ aber keinen Blick von ihm. »Wollen Sie eine Erklärung?« fragte der Reisende. Der Offizier nickte stumm. »Ich bin ein Gegner dieses Verfahrens«, sagte nun der Reisende, »noch ehe Sie mich ins Vertrauen zogen – dieses Vertrauen werde ich natürlich unter keinen Umständen missbrauchen – habe ich schon überlegt, ob ich berechtigt wäre, gegen dieses Verfahren einzuschreiten und ob mein Einschreiten auch nur eine kleine Aussicht auf Erfolg haben könnte. An wen ich mich dabei zuerst wenden müsste, war mir klar: an den Kommandanten natürlich. Sie haben es mir noch klarer gemacht, ohne aber etwa meinen Entschluss erst befestigt zu haben, im Gegenteil, Ihre ehrliche Überzeugung geht mir nahe, wenn sie mich auch nicht beirren kann.«

Der Offizier blieb stumm, wendete sich der Maschine zu, fasste eine der Messingstangen und sah dann, ein wenig zurückgebeugt, zum Zeichner hinauf, als prüfe er, ob alles in Ordnung sei. Der Soldat und der Verurteilte schienen sich miteinander befreundet zu haben; der Verurteilte machte, so schwierig dies bei der festen Einschnallung durchzuführen war, dem Soldaten Zeichen; der Soldat beugte sich zu ihm; der Verurteilte flüsterte ihm etwas zu, und der Soldat nickte.

Der Reisende ging dem Offizier nach und sagte: »Sie wissen noch nicht, was ich tun will. Ich werde meine Ansicht über das Verfahren dem Kommandanten zwar sagen, aber nicht in einer Sitzung, sondern unter vier Augen; ich werde auch nicht so lange hier bleiben, dass ich irgendeiner Sitzung beigezogen werden könnte; ich fahre schon morgen früh weg oder schiffe mich wenigstens ein.«

Es sah nicht aus, als ob der Offizier zugehört hätte. »Das Verfahren hat Sie also nicht überzeugt«, sagte er für sich und lächelte, wie ein Alter über den Unsinn eines Kindes lächelt und hinter dem Lächeln sein eigenes wirkliches Nachdenken behält.

»Dann ist es also Zeit«, sagte er schließlich und blickte plötzlich mit hellen Augen, die irgendeine Aufforderung, irgendeinen Aufruf zur Beteiligung enthielten, den Reisenden an.

»Wozu ist es Zeit?« fragte der Reisende unruhig, bekam aber keine Antwort.

»Du bist frei«, sagte der Offizier zum Verurteilten in dessen Sprache. Dieser glaubte es zuerst nicht. »Nun, frei bist du«, sagte der Offizier. Zum ersten Mal bekam das Gesicht des Verurteilten wirkliches Leben. War es Wahrheit? War es nur eine Laune des Offiziers, die vorübergehen konnte? Hatte der fremde Reisende ihm Gnade erwirkt? Was war es? So schien sein Gesicht zu fragen. Aber nicht lange. Was immer es sein mochte, er wollte, wenn er durfte, wirklich frei sein und er begann sich zu rütteln, soweit es die Egge erlaubte.

»Du zerreißt mir die Riemen«, schrie der Offizier, »sei ruhig! Wir öffnen sie schon.« Und er machte sich mit dem Soldaten, dem er ein Zeichen gab, an die Arbeit. Der Verurteilte lachte ohne Worte leise vor sich hin, bald wendete er das Gesicht links zum Offizier, bald rechts zum Soldaten, auch den Reisenden vergaß er nicht.

»Zieh ihn heraus«, befahl der Offizier dem Soldaten. Es

3 **schiffe mich … ein:** begebe mich zu einer Reise an Bord eines Schiffes

musste hiebei wegen der Egge einige Vorsicht angewendet werden. Der Verurteilte hatte schon infolge seiner Ungeduld einige kleine Risswunden auf dem Rücken.

Von jetzt ab kümmerte sich aber der Offizier kaum mehr um ihn. Er ging auf den Reisenden zu, zog wieder die kleine Ledermappe hervor, blätterte in ihr, fand schließlich das Blatt, das er suchte, und zeigte es dem Reisenden. »Lesen Sie«, sagte er. »Ich kann nicht«, sagte der Reisende, »ich sagte schon, ich kann diese Blätter nicht lesen.« »Sehen Sie das Blatt doch genau an«, sagte der Offizier und trat neben den Reisenden, um mit ihm zu lesen. Als auch das nichts half, fuhr er mit dem kleinen Finger in großer Höhe, als dürfe das Blatt auf keinen Fall berührt werden, über das Papier hin, um auf diese Weise dem Reisenden das Lesen zu erleichtern. Der Reisende gab sich auch Mühe, um wenigstens darin dem Offizier gefällig sein zu können, aber es war ihm unmöglich. Nun begann der Offizier die Aufschrift zu buchstabieren und dann las er sie noch einmal im Zusammenhang. »›Sei gerecht!‹ – heißt es«, sagte er, »jetzt können Sie es doch lesen.« Der Reisende beugte sich so tief über das Papier, dass der Offizier aus Angst vor einer Berührung es weiter entfernte; nun sagte der Reisende zwar nichts mehr, aber es war klar, dass er es noch immer nicht hatte lesen können. »›Sei gerecht!‹ – heißt es«, sagte der Offizier nochmals. »Mag sein«, sagte der Reisende, »ich glaube es, dass es dort steht.« »Nun gut«, sagte der Offizier, wenigstens teilweise befriedigt, und stieg mit dem Blatt auf die Leiter; er bettete das Blatt mit großer Vorsicht im Zeichner und ordnete das Räderwerk scheinbar gänzlich um; es war eine sehr mühselige Arbeit, es musste sich auch um ganz kleine Räder handeln, manchmal verschwand der Kopf des Offiziers völlig im Zeichner, so genau musste er das Räderwerk untersuchen.

Der Reisende verfolgte von unten diese Arbeit ununterbrochen, der Hals wurde ihm steif, und die Augen schmerzten ihn von dem mit Sonnenlicht überschütteten Himmel. Der Soldat und der Verurteilte waren nur miteinander beschäftigt. Das Hemd und die Hose des Verurteilten, die schon in der Grube lagen, wurden vom Soldaten mit der Bajonettspitze herausgezogen. Das Hemd war entsetzlich schmutzig, und der Verurteilte wusch es in dem Wasserkübel. Als er dann Hemd und Hose anzog, musste der Soldat wie der Verurteilte laut lachen, denn die Kleidungsstücke waren doch hinten entzweigeschnitten. Vielleicht glaubte der Verurteilte verpflichtet zu sein, den Soldaten zu unterhalten, er drehte sich in der zerschnittenen Kleidung im Kreise vor dem Soldaten, der auf dem Boden hockte und lachend auf seine Knie schlug. Immerhin bezwangen sie sich noch mit Rücksicht auf die Anwesenheit der Herren.

Als der Offizier oben endlich fertiggeworden war, überblickte er noch einmal lächelnd das Ganze in allen seinen Teilen, schlug diesmal den Deckel des Zeichners zu, der bisher offen gewesen war, stieg hinunter, sah in die Grube und dann auf den Verurteilten, merkte befriedigt, dass dieser seine Kleidung herausgenommen hatte, ging dann zu dem Wasserkübel, um die Hände zu waschen, erkannte zu spät den widerlichen Schmutz, war traurig darüber, dass er nun die Hände nicht waschen konnte, tauchte sie schließlich – dieser Ersatz genügte ihm nicht, aber er musste sich fügen – in den Sand, stand dann auf und begann seinen Uniformrock aufzuknöpfen. Hiebei fielen ihm zunächst die zwei Damentaschentücher, die er hinter den Kragen ge-

9 **Bajonettspitze:** auf das Gewehr aufsetzbare Hieb-, Stoß- und Stichwaffe mit Stahlklinge

zwängt hatte, in die Hände. »Hier hast du deine Taschentücher«, sagte er und warf sie dem Verurteilten zu. Und zum Reisenden sagte er erklärend: »Geschenke der Damen.«

Trotz der offenbaren Eile, mit der er den Uniformrock auszog und sich dann vollständig entkleidete, behandelte er doch jedes Kleidungsstück sehr sorgfältig, über die Silberschnüre an seinem Waffenrock strich er sogar eigens mit den Fingern hin und schüttelte eine Troddel zurecht. Wenig passte es allerdings zu dieser Sorgfalt, dass er, sobald er mit der Behandlung eines Stückes fertig war, es dann sofort mit einem unwilligen Ruck in die Grube warf. Das letzte, was ihm übrig blieb, war sein kurzer Degen mit dem Tragriemen. Er zog den Degen aus der Scheide, zerbrach ihn, fasste dann alles zusammen, die Degenstücke, die Scheide und den Riemen und warf es so heftig weg, dass es unten in der Grube aneinander klang.

Nun stand er nackt da. Der Reisende biss sich auf die Lippen und sagte nichts. Er wusste zwar, was geschehen würde, aber er hatte kein Recht, den Offizier an irgendetwas zu hindern. War das Gerichtsverfahren, an dem der Offizier hing, wirklich so nahe daran behoben zu werden – möglicherweise infolge des Einschreitens des Reisenden, zu dem sich dieser seinerseits verpflichtet fühlte – dann handelte jetzt der Offizier vollständig richtig; der Reisende hätte an seiner Stelle nicht anders gehandelt.

Der Soldat und der Verurteilte verstanden zuerst nichts, sie sahen anfangs nicht einmal zu. Der Verurteilte war sehr erfreut darüber, die Taschentücher zurückerhalten zu haben, aber er durfte sich nicht lange an ihnen freuen, denn der Soldat nahm sie ihm mit einem raschen, nicht vorher-

9 **Troddel:** Zierquaste; hängendes Fransenbündel als Bestandteil einer Uniform

zusehenden Griff. Nun versuchte wieder der Verurteilte dem Soldaten die Tücher hinter dem Gürtel, hinter dem er sie verwahrt hatte, hervorzuziehen, aber der Soldat war wachsam. So stritten sie in halbem Scherz. Erst als der Offizier vollständig nackt war, wurden sie aufmerksam. Besonders der Verurteilte schien von der Ahnung irgendeines großen Umschwungs getroffen zu sein. Was ihm geschehen war, geschah nun dem Offizier. Vielleicht würde es so bis zum Äußersten gehen. Wahrscheinlich hatte der fremde Reisende den Befehl dazu gegeben. Das war also Rache. Ohne selbst bis zum Ende gelitten zu haben, wurde er doch bis zum Ende gerächt. Ein breites, lautloses Lachen erschien nun auf seinem Gesicht und verschwand nicht mehr.

Der Offizier aber hatte sich der Maschine zugewendet. Wenn es schon früher deutlich gewesen war, dass er die Maschine gut verstand, so konnte es jetzt einen fast bestürzt machen, wie er mit ihr umging und wie sie gehorchte. Er hatte die Hand der Egge nur genähert, und sie hob und senkte sich mehrmals, bis sie die richtige Lage erreicht hatte um ihn zu empfangen; er fasste das Bett nur am Rande, und es fing schon zu zittern an; der Filzstumpf kam seinem Mund entgegen, man sah, wie der Offizier ihn eigentlich nicht haben wollte, aber das Zögern dauerte nur einen Augenblick, gleich fügte er sich und nahm ihn auf. Alles war bereit, nur die Riemen hingen noch an den Seiten hinunter, aber sie waren offenbar unnötig, der Offizier musste nicht angeschnallt sein. Da bemerkte der Verurteilte die losen Riemen, seiner Meinung nach war die Exekution nicht vollkommen, wenn die Riemen nicht festgeschnallt waren, er winkte eifrig dem Soldaten, und sie liefen hin, den Offizier anzuschnallen. Dieser hatte schon den einen Fuß ausgestreckt, um in die Kurbel zu stoßen, die den Zeichner in Gang bringen sollte; da sah er, dass die zwei gekommen waren; er zog daher den Fuß zurück und ließ sich anschnallen. Nun konnte er allerdings die Kurbel nicht mehr erreichen; weder der Soldat noch der Verurteilte würden sie auffinden, und der Reisende war entschlossen, sich nicht zu rühren. Es war nicht nötig; kaum waren die Riemen angebracht, fing auch schon die Maschine zu arbeiten an; das Bett zitterte, die Nadeln tanzten auf der Haut, die Egge schwebte auf und ab. Der Reisende hatte schon eine Weile hingestarrt, ehe er sich erinnerte, dass ein Rad im Zeichner hätte kreischen sollen; aber alles war still, nicht das geringste Surren war zu hören.

Durch diese stille Arbeit entschwand die Maschine förmlich der Aufmerksamkeit. Der Reisende sah zu dem Soldaten und dem Verurteilten hinüber. Der Verurteilte war der lebhaftere, alles an der Maschine interessierte ihn, bald beugte er sich nieder, bald streckte er sich, immerfort hatte er den Zeigefinger ausgestreckt, um dem Soldaten etwas zu zeigen. Dem Reisenden war es peinlich. Er war entschlossen, hier bis zum Ende zu bleiben, aber den Anblick der zwei hätte er nicht lange ertragen. »Geht nach Hause«, sagte er. Der Soldat wäre dazu vielleicht bereit gewesen, aber der Verurteilte empfand den Befehl geradezu als Strafe. Er bat flehentlich mit gefalteten Händen ihn hier zu lassen, und als der Reisende kopfschüttelnd nicht nachgeben wollte, kniete er sogar nieder. Der Reisende sah, dass Befehle hier nichts halfen, er wollte hinüber und die zwei vertreiben. Da hörte er oben im Zeichner ein Geräusch. Er sah hinauf. Störte also das eine Zahnrad doch? Aber es war etwas anderes. Langsam hob sich der Deckel des Zeichners und klappte dann vollständig auf. Die Zacken eines Zahnrades zeigten und hoben sich, bald erschien das ganze Rad, es war, als presse irgendeine große Macht den Zeichner zusammen, so dass für dieses Rad kein Platz mehr übrig blieb, das Rad drehte sich bis zum Rand des Zeichners, fiel hinunter, kollerte aufrecht ein Stück im Sand und blieb dann liegen. Aber schon stieg oben ein anderes auf, ihm folgten viele, große, kleine und kaum zu unterscheidende, mit allen geschah dasselbe, immer glaubte man, nun müsse der Zeichner jedenfalls schon entleert sein, da erschien eine neue, besonders zahlreiche Gruppe, stieg auf, fiel hinunter, kollerte im Sand und legte sich. Über diesem Vorgang vergaß der Verurteilte ganz den Befehl des Reisenden, die Zahnräder entzückten ihn völlig, er wollte immer eines fassen, trieb gleichzeitig den Soldaten an, ihm zu helfen, zog aber erschreckt die Hand zurück, denn es folgte gleich ein anderes Rad, das ihn, wenigstens im ersten Anrollen, erschreckte.

Der Reisende dagegen war sehr beunruhigt; die Maschine ging offenbar in Trümmer; ihr ruhiger Gang war eine Täuschung; er hatte das Gefühl, als müsse er sich jetzt des Offiziers annehmen, da dieser nicht mehr für sich selbst sorgen konnte. Aber während der Fall der Zahnräder seine ganze Aufmerksamkeit beanspruchte, hatte er versäumt, die übrige Maschine zu beaufsichtigen; als er jedoch jetzt, nachdem das letzte Zahnrad den Zeichner verlassen hatte, sich über die Egge beugte, hatte er eine neue, noch ärgere Überraschung. Die Egge schrieb nicht, sie stach nur, und das Bett wälzte den Körper nicht, sondern hob ihn nur zitternd in die Nadeln hinein. Der Reisende wollte eingreifen, möglicherweise das Ganze zum Stehen bringen, das war ja keine Folter, wie sie der Offizier erreichen wollte, das war unmittelbarer Mord. Er streckte die Hände aus. Da hob sich aber schon die Egge mit dem aufgespießten Körper zur Seite, wie sie es sonst erst in der zwölften Stunde tat. Das Blut floß in hundert Strömen, nicht mit Wasser vermischt, auch die Wasserröhrchen hatten diesmal versagt. Und nun versagte noch das letzte, der Körper löste sich von den langen Nadeln nicht, strömte sein Blut aus, hing aber über der Grube ohne zu fallen. Die Egge wollte schon in ihre alte Lage zurückkehren, aber als merke sie selbst, dass sie von ihrer Last noch nicht befreit sei, blieb sie doch über der Grube. »Helft doch!« schrie der Reisende zum Soldaten und zum Verurteilten hinüber und fasste selbst die Füße des Offiziers. Er wollte sich hier gegen die Füße drücken, die zwei sollten auf der anderen Seite den Kopf des Offiziers fassen, und so sollte er langsam von den Nadeln gehoben werden. Aber nun konnten sich die zwei nicht entschließen zu kommen; der Verurteilte drehte sich geradezu um; der Reisende musste zu ihnen hinübergehen und sie mit Gewalt zu dem Kopf des Offiziers drängen. Hiebei sah er fast gegen Willen das Gesicht der Leiche. Es war, wie es im Leben gewesen war; kein Zeichen der versprochenen Erlösung war zu entdecken; was alle anderen in der Maschine gefunden hatten, der Offizier fand es nicht; die Lippen waren fest zusammengedrückt, die Augen waren offen, hatten den Ausdruck des Lebens, der Blick war ruhig und überzeugt, durch die Stirn ging die Spitze des großen eisernen Stachels.

* * *

Als der Reisende, mit dem Soldaten und dem Verurteilten hinter sich, zu den ersten Häusern der Kolonie kam, zeigte der Soldat auf eines und sagte: »Hier ist das Teehaus.«

Im Erdgeschoß eines Hauses war ein tiefer, niedriger, höhlenartiger, an den Wänden und an der Decke verräucherter Raum. Gegen die Straße zu war er in seiner ganzen Breite offen. Trotzdem sich das Teehaus von den übrigen Häusern der Kolonie, die bis auf die Palastbauten der Kommandatur alle sehr verkommen waren, wenig unterschied, übte es auf den Reisenden doch den Eindruck einer historischen Erinnerung aus und er fühlte die Macht der früheren Zeiten. Er trat näher heran, ging, gefolgt von seinen Begleitern, zwischen den unbesetzten Tischen hindurch, die vor dem Teehaus auf der Straße standen, und atmete die kühle, dumpfige Luft ein, die aus dem Innern kam. »Der Alte ist hier begraben«, sagte der Soldat, »ein Platz auf dem Friedhof ist ihm vom Geistlichen verweigert worden. Man war eine Zeitlang unentschlossen, wo man ihn begraben sollte, schließlich hat man ihn hier begraben. Davon hat Ihnen der Offizier gewiss nichts erzählt, denn dessen hat er sich natürlich am meisten geschämt. Er hat sogar einige Mal in der Nacht versucht, den Alten auszugraben, er ist aber immer verjagt worden.« »Wo ist das Grab?« fragte der Reisende, der dem Soldaten nicht glauben konnte. Gleich liefen beide, der Soldat wie der Verurteilte, vor ihm her und zeigten mit ausgestreckten Händen dorthin, wo sich das Grab befinden sollte. Sie führten den Reisenden bis zur Rückwand, wo an einigen Tischen Gäste saßen. Es waren wahrscheinlich Hafenarbeiter, starke Männer mit kurzen, glänzend schwarzen Vollbärten. Alle waren ohne Rock, ihre Hemden waren zerrissen, es war armes, gedemütigtes Volk. Als sich der Reisende näherte, erhoben sich einige, drückten sich an die Wand und sahen ihm entgegen. »Es ist ein Fremder«, flüsterte es um den Reisenden herum, »er will das Grab ansehen.« Sie schoben einen der Tische beiseite, unter dem sich wirklich ein Grabstein befand. Es war ein einfacher Stein, niedrig genug, um unter einem Tisch verborgen werden zu können. Er trug eine Aufschrift mit sehr kleinen Buchstaben, der Reisende musste, um sie zu lesen, niederknien. Sie lautete: »Hier ruht der alte Kommandant. Seine Anhänger, die jetzt keinen Namen tragen dürfen, haben ihm das Grab gegraben und den Stein gesetzt. Es besteht eine Prophezeiung, dass der Kommandant nach einer bestimmten Anzahl von Jahren auferstehen und aus diesem Hause seine Anhänger zur Wiedereroberung der Kolonie führen wird. Glaubet und wartet!« Als der Reisende das gelesen hatte und sich erhob, sah er rings um sich die Männer stehen und lächeln, als hätten sie mit ihm die Aufschrift gelesen, sie lächerlich gefunden und forderten ihn auf, sich ihrer Meinung anzuschließen. Der Reisende tat, als merke er das nicht, verteilte einige Münzen unter sie, wartete noch, bis der Tisch über das Grab geschoben war, verließ das Teehaus und ging zum Hafen.

Der Soldat und der Verurteilte hatten im Teehaus Bekannte gefunden, die sie zurückhielten. Sie mussten sich aber bald von ihnen losgerissen haben, denn der Reisende befand sich erst in der Mitte der langen Treppe, die zu den Booten führte, als sie ihm schon nachliefen. Sie wollten wahrscheinlich den Reisenden im letzten Augenblick zwingen, sie mitzunehmen. Während der Reisende unten mit einem Schiffer wegen der Überfahrt zum Dampfer unterhandelte, rasten die zwei die Treppe hinab, schweigend,

12 **Prophezeiung:** Weissagung, Orakel

denn zu schreien wagten sie nicht. Aber als sie unten ankamen, war der Reisende schon im Boot, und der Schiffer löste es gerade vom Ufer. Sie hätten noch ins Boot springen können, aber der Reisende hob ein schweres geknotetes Tau vom Boden, drohte ihnen damit und hielt sie dadurch von dem Sprunge ab.

5 **Tau:** starkes Seil (besonders zum Festmachen von Schiffen)

Anhang

1. Zur Textgestalt

Der Werktext der vorliegenden Ausgabe beruht auf der von Michael Müller herausgegebenen Ausgabe der Universal-Bibliothek Nr. 9677, dieser folgt dem Erstdruck:

Franz Kafka: In der Strafkolonie. Leipzig: Kurt Wolff, 1919.

Die Orthographie wurde auf der Grundlage der gültigen amtlichen Rechtschreibregeln behutsam modernisiert; der originale Lautstand und grammatische Eigenheiten blieben gewahrt. Die Interpunktion folgt der Druckvorlage.

2. Anmerkungen

[Titel] **In der Strafkolonie:** zur Entstehungsgeschichte der Novelle vgl. Kap. 4.

5,1 **eigentümlicher Apparat:** Sowohl ›eigentümlich‹ als auch ›Apparat‹ sind mehrdeutige Begriffe, und eine Übersetzung führt unweigerlich in die Interpretation (vgl. Kap. 6).

5,4 **schien:** erster Hinweis auf die nicht-allwissende personale Erzählinstanz.

5,19 **hündisch ergeben:** Die Vermengung von Tierhaftem mit Menschlichem gehört zu Kafkas liebsten Spielereien. Hier erinnert der unterwürfige Verurteilte an Josef K., der im *Proceß* wie ein Hund stirbt.

6,6 f. **Damentaschentücher:** gängiges Motiv bei Kafka, dass die Figuren der Macht im Bündnis mit den Frauen stehen (z. B. Leni im *Proceß*, Frieda in *Das Schloss*); später wird auch der neue Kommandant stets mit Frauen assoziiert, z. B. im Text S. 22,3 f. oder S. 30,4 f.

6,8 **Tropen:** die klimatisch heißesten Erdgebiete. Da der Offizier in der *Strafkolonie* Französisch spricht und auf der Insel ein fernöstlich anmutendes Teehaus liegt, können Parallelen zur französischen Strafkolonie in Neukaledonien gezogen werden (vgl. Kap. 3.4).

7,7 **früheren Kommandanten:** Die Initialen F. K. entsprechen auch denjenigen Franz Kafkas, der sich gerne mit den Namen seiner Figuren kostümiert, z. B. Samsa – Kafka (*Die Verwandlung*) oder natürlich die K.s aus den Romanen.

8,31–9,10 **Auf diese Watte ... Genick gebrochen wird:** Eine der Hauptquellen Kafkas für die (pornographische) Folterthematik soll der Roman *Le Jardin des supplices* (1899) von Octave Mirbeau (1848–1917) gewesen sein.

10,10 f. **Apparate in Heilanstalten:** Kafka besucht in seinem Leben mehrere Sanatorien, die teils kuriose Heilapparaturen beheimaten (z. B. Vaginalkühlapparate).

11,11–13 **Dem Verurteilten ... auf den Leib geschrieben:** typischer Stil Kafkas, der eine Metapher oder Redewendung wörtlich nimmt.

12,22 f. **Trotz meiner Jugend:** Dass der Offizier noch jung sein soll, irritiert, passt aber zu Kafkas diffuser Raumzeit, die trotz Zeit- und Raumangaben merkwürdig unbestimmt bleibt.

12,26 **Die Schuld ist immer zweifellos:** Dagegen denkt der Reisende, dass die Ungerechtigkeit des Verfahrens und die Unmenschlichkeit der Exekution ›zweifellos‹ seien (vgl. im Text S. 21,6–8). Die widersprüchlichen Perspektiven, die der Erzähler sachlich darbietet, sind gerade Zeuge davon, dass bei Kafka vieles zweifelhaft ist (vgl. Kap. 7).

17,6 **Es ist sehr kunstvoll:** eine der vielen selbstreflexiven Passagen in Kafkas Werk, die sich mit der Kunst bzw. dem Schreiben oder Lesen beschäftigen (vgl. Kap. 6).

18,12–14 **Die ersten ... Schmerzen:** Paradox-komische Aussagen sind Kafkas Spezialität, so erinnert das Zitierte stark an den *Proceß*, wenn der Aufseher zu Josef K. sagt: »[...] Sie sind verhaftet, gewiss, aber das soll Sie nicht hindern Ihren Beruf zu erfüllen.«

20,27 f. **Es ist immer bedenklich ... einzugreifen:** zur Schuld der Untätigen vgl. Kap. 7.

23,18 **Wie ... in früherer Zeit:** In *Ein Hungerkünstler* wird auch von früheren Zeiten geschwärmt, so dass sich die Beschreibungen teils bis ins Detail gleichen, insbesondere bei der Erwähnung der Kinder.

26,1 **in europäischen Anschauungen:** wahrscheinlich eine Anspielung auf die Errungenschaften der europäischen Aufklärung (18. Jh.), unter deren Vernunftprimat die Menschenrechte erklärt werden.

26,9–27,20 **Und wenn ... sind verloren:** eine von Kafkas berühmten *wenn*-Konstruktionen, die trotz ihrer grundsätzlichen Möglichkeitsform am Ende in absoluter Gewissheit mündet. Damit zu vergleichen ist in der *Verwandlung* das Verhalten Gregor Samsas, der sich beim Nachdenken über sein geschäftliches Fernbleiben regelrecht ins Verderben imaginiert.

31,2–20 **Und jetzt ... beuge ich mich:** wiederum eine typische Kafkasche Erzählstrategie, indem das zuvor Ausgesagte im Fortlauf des Erzählens allmählich bis zur Aufhebung relativiert wird. Ein weiteres Beispiel findet sich in *Josefine, die Sängerin oder Das Volk der Mäuse*, wo die Erzählmaus berichtet, wie fortreißend für alle der Gesang Josefines sei – obwohl die Mäuse Musik nicht lieben. Und ist es denn überhaupt Gesang?

36,14 f. **Er zog den Degen aus der Scheide, zerbrach ihn:** Die Beschreibung trifft sich mit den zeitgenössischen Darstellungen zu Alfred Dreyfus (1859–1935), dessen Degen zum Zeichen der Degradierung öffentlich zerbrochen wird (vgl. Kap 3.4.).

37,4 **So stritten sie in halbem Scherz:** Wie viele der Kafkaschen Nebenfiguren (z. B. die Gehilfen in *Das Schloss*) neigen sowohl der Verurteilte als auch der Soldat zu Slapstick und Clownerien.

37,12 **Ein breites, lautloses Lachen:** In Kafkas Texten, selbst in der *Strafkolonie*, wird oft vielsagend gelächelt oder gelacht, aber es ist ein lautloses Lachen, wie es zum Beispiel Odradek in *Die Sorge des Hausvaters* ohne Lungen hervorbringt.

38,21 **Dem Reisenden war es peinlich:** zum *Peinlichen* vgl. Kap. 4.1.

40,30 *** * *:** Das Einfügen der Sternchen geht auf Kafkas Wunsch zurück.

3. Leben und Zeit

Am 31. Dezember 1914 notiert Kafka in sein Tagebuch, er habe seit August nicht schlecht und nicht wenig gearbeitet. Danach listet er die in diesem Zeitraum weitergeführten oder fertiggestellten Werke auf, darunter *In der Strafkolonie*, um dann mit den Worten zu schließen: »Ich weiß nicht, warum ich diese Übersicht mache, es entspricht mir gar nicht.« Wenn ihm also Übersichten nicht entsprechen, so wird zunächst auf die klassische Zeittafel zu Kafkas Lebensdaten (1883–1924) verzichtet, um anfänglich Raum zu schaffen für Texte, die dem Autor und seiner Zeit gerechter werden. Es sind dies Texte über Biografisches, geschrieben von Kafkas langjährigem Freund Max Brod (1884–1968) und dem Kafka-Experten Klaus Wagenbach (1930–2021), dann folgen Informationen zum geschichtlichen Hintergrund der Strafkolonien und zur Moderne als Literaturepoche; der gemeinsame Nenner bleibt dabei Franz Kafka, dessen Zeittafel erst am Ende steht.

3.1 Kafkaeske Kunstfigur

»Der Nachwelt fällt es schwer, sich die Person eines Autors vorzustellen, wenn das Werk den Blick auf den Menschen so sehr versperrt, wie es bei Franz Kafka der Fall ist. Die erst lange nach seinem Tode einsetzende breite Rezeption führte zu einer Flut wechselnder Deutungen seines Werkes, die zumeist die jeweils aktuellen Moden aufnahmen. Gemeinsam wirkten die oft miteinander konkurrierenden Ansätze freilich an einem Bild, das sich schließlich verselbständigte: Franz Kafka, der introvertierte, an seinen Lebensumständen leidende Autor, der mystische Dichter[1], Seher einer dunklen, absurden, von anonymen Bürokratien[2] beherrschten Welt. Allein sein Name und das davon abgeleitete Attribut ›kafkaesk‹ rufen bereits diese stereotype Vorstellung hervor – und das weltweit. Es entstand eine Kunstfigur, die weit entfernt ist von dem Bild, das im Gedächtnis der Zeitgenossen haften blieb, die den realen Franz Kafka kannten.

1 hier: der geheimnisvolle Dichter
2 anonyme Bürokratie: unpersönlicher Beamten- und Verwaltungsapparat

Während biographische Darstellungen – selbst wenn sie auf penibelster Forschungsarbeit beruhen – mit ihren Aneinanderreihungen von Lebensdaten und -stationen, mit ihren psychologischen Analysen kaum ein lebendiges Bild des Menschen Franz Kafka wiederzugeben vermögen, gelingt dies den auf direkten persönlichen Umgang zurückgehenden Beschreibungen problemlos – und das trotz oftmals völlig gegensätzlicher (und manchmal wohl auch falscher) Wahrnehmungen.«

Hans-Gerd Koch: Vorbemerkung. In: »Als Kafka mir entgegenkam …«. Erinnerungen an Franz Kafka. Hrsg. von Hans-Gerd Koch. Berlin: Wagenbach, 2005. S. 7–9, hier S. 7. –

3.2 Erinnerungen von Max Brod

Q

»Das Leitwort seines Lebens war: im Hintergrund bleiben – unauffällig sein. Unauffällig in allem war sein Benehmen, selten verstärkte er seine leise Stimme – war er in einer Gesellschaft von mehreren Leuten, so verstummte er meist ganz. Und nur in einem Beisammensein zu zweit oder zu dritt verlor er seine Schüchternheit – dann allerdings brach mit staunenswerter Kraft eine Fülle von Einfällen aus ihm hervor, die ahnen ließ, daß dieser stille Mensch eine ungeheure Welt von noch nicht gestalteten Figuren und Gedanken in sich herumtrug. Nie wieder habe ich solch hurtig in fernste Ferne springende Assoziationen[3], solch lustig bizarre Einfälle, solch ungezwungene Phantastereien erlebt. […]

Ich will hier nochmals die Gestalt meines Freundes heraufbeschwören: Schlank, groß, etwas vorgebeugt – die Augen kühn, blitzend-grau, die Gesichtsfarbe bräunlich, der Haarbusch hoch und pechschwarz, schöne Zähne, ein freundliches höfliches Lächeln, wenn nicht zuweilen ein geistesabwesend trüber Ausdruck das schöne scharfgeschnittene Gesicht verdüsterte; doch eigentlich fast nie unmutig, meist sehr beherrscht; in seltenen Momenten (die in frühen Jahren, vor der Krankheit überwogen), in diesen herrlichen Momenten jungenhaft aufgeschlossen, fröhlich, naiv, witzig, mit einer untergründig gutartigen, rasch korrigierten Neigung zu boshaften Wendungen, zu Mystifikationen[4], die er meist sofort bedau-

3 Assoziation: Gedankenverknüpfung
4 hier: Verschleierungen

Abb. 1: Kafkas Lächeln. – © Archiv Klaus Wagenbach

erte, – der Anzug dunkelgrau oder dunkelblau, ohne Muster, glatt, von nicht hervortretender Eleganz, stets sehr sorgfältig und geschmackvoll gekleidet, die schmalen Hände ausdrucksvoll, doch sparsam in ihren Bewegungen. Keine Baskenmütze, keine Haarmähne, überhaupt kein äußeres Abzeichen des Dichtertums […].

Einfach und dabei prinzlich fein – so steht er vor mir. Sich verschließend und dabei doch von unendlicher Güte. [...] Jede Art von Egozentrismus verabscheute er. Solange seine Kräfte reichten, war er darauf aus, sich in die Seelen anderer mit edler Selbstverständlichkeit einzuleben, ihnen auf zarte Art Gutes zu tun, sie auf das Richtige hinzulenken oder ihnen doch Freude zu schaffen. Seine Lebensgefährtin Dora Diamant[5] erzählte mir, wie sie einmal bei gemeinsamem Spaziergang im Stadtpark von Steglitz bei Berlin ein weinendes Mädelchen fanden. Es weinte, weil es seine Puppe verloren hatte. Kafka tröstete das Kind – doch es ließ sich nicht trösten. ›Aber deine Puppe ist doch gar nicht verloren‹, sagte der Dichter schließlich, ›sie ist nur verreist, ich habe sie noch vorhin gesehen und mit ihr gesprochen. Sie hat mir fest zugesagt, dir einen Brief zu schicken. Morgen um diese Stunde sei hier, ich werde dir den Brief bringen.‹ Da hörte die Kleine auf zu weinen – und am nächsten Tag brachte Kafka wirklich den Brief, in dem die Puppe von ihren Reiseabenteuern erzählte.«

Max Brod: Persönliches. In: Ebd. S. 230–233, hier S. 230–232. – © 1995/2005 Verlag Klaus Wagenbach, Berlin.

3.3 Interview mit Klaus Wagenbach

Q

»LITERATUREN Muss man über Kafkas Arbeitswelt Bescheid wissen, um seine literarischen Werke zu lesen? Gibt die Kenntnis der Fabriken Impulse für andere Lesarten?

WAGENBACH Niemand, der einen Autor liebt, ist verpflichtet, dessen Biografie zur Kenntnis zu nehmen. Jeder Text ist für sich lesbar. Aber wenn man die Reichweite eines Textes abschätzen, ihn wirklich verstehen und interpretieren will, dann braucht man die Biografie als Negativ-Folie. Es gibt in Kafkas Werk klassische Stellen, die von der Forschung immer gerne überlesen werden – Stellen im ›Schloß‹ über das ›Arbeitersein‹, Passagen im ›Verschollenen‹ über die eingesperrten, fast verrückten Telefonisten, über die Mutter, die vom Baugerüst stürzt.
Die ›Strafkolonie‹ wird meist als Vorausschau auf die Konzentrationslager gelesen, na gut. Aber Kafka hat ein Buch über Unfälle in Uhrenfabriken gelesen, dass da die Nadeln den Arbeitern

5 Dora Diamant (1898–1952), letzte Lebensgefährtin von Kafka

ins Fleisch fahren, wenn sie nicht aufpassen. Für Kafka-Leser, die das wissen, kommen die Schrecken in der ›Strafkolonie‹, wenn die Nadeln dem Verurteilten ins Fleisch fahren, nicht unvermutet. Da weiß man dann: Das ist von Kafka genau so gemeint, wie es dasteht.«

Klaus Wagenbach: »Er hat es genau so gemeint, wie es dasteht«. In: Literaturen 2 (2003) H. 1/2. S. 20–25, hier S. 25. – © 2003 Literaturen, Friedrich Berlin Verlag.

3.4 Zur Zeit der Strafkolonien

Q

»Die in der Antike übliche Strafe der Verbannung oder Deportation wurde in der Neuzeit hauptsächlich von drei Staaten ausgeübt: England, Rußland und Frankreich. In allen drei Fällen wurde die Strafe – im Gegensatz zur Antike – mit dem Zweck der Kolonisierung verbunden, der Besiedelung unbewohnter Gebiete, der Unterwerfung eroberter Länder. Deswegen der Name ›Straf*kolonie*‹. In diesen Strafkolonien mußten die Gefangenen in der Regel während der eigentlichen Strafzeit in befestigten und bewachten Lagern wohnen und die ihnen zugeteilten Arbeiten verrichten. Die Strafzeit wurde erlassen oder ermäßigt, wenn die Gefangenen sich verpflichteten, als Kolonisten im Land zu bleiben.

In Rußland wurden die zur Kolonisierung nach Sibirien Verbannten in drei Klassen eingeteilt: Die Arrestantenkompagnien (in Zuchthäusern oder Lagern lebend, mit Fußketten, den ›niedrigsten und entehrendsten Arbeiten zugeteilt‹), die Bergwerksarbeiter (rechtlos; ›die anstrenge Arbeit, schlechte Kost und üble Behandlung macht dem Leben dieser Elenden ein baldiges Ende‹) und die eigentlichen Kolonisten (nach zehn Jahren erhalten sie die gleichen Rechte wie die Bauern). Sinn dieser Klasseneinteilung war es, die Verurteilten zu einem ›Aufrücken‹ in den Kolonistenstatus zu veranlassen. Einer der bekanntesten Sträflinge war Fjodor Dostojewski,[6] der 1849–59 in Sibirien lebte; seinen Bericht ›Aufzeichnungen aus einem Totenhaus‹ kannte Kafka.

England deportierte Strafgefangene seit dem 17. Jahrhundert nach den britisch-nordamerikanischen Kolonien. Eigentliche Strafkolonien wurden aber erst in Australien eingerichtet, um 1800 in Neu-

6 Fjodor Dostojewski (1821–1881), russischer Schriftsteller

südwales, auf Tasmanien und Norfolk. Es waren entweder bestimmte größere, aber bewachte Gebiete oder sogenannte ›Pönalstationen‹, feste Lager mit strenger Trennung von allen übrigen Einwohnern. Mitte des 19. Jahrhunderts wurde, wegen der Proteste der Siedler, die Deportation nach Südaustralien aufgegeben, um 1900, mit den Goldfunden, auch die nach Westaustralien. Für indische Sträflinge bestimmte die englische Justiz seit 1858, dem Jahr der Niederschlagung des Aufstandes der Spahi, der indischen Söldner[7], die Andamanen-Inseln.

Frankreich führte die Deportation 1810 ein, sie richtete sich fast ausschließlich gegen politische Gefangene. Die Revolutionäre von 1848 wurden nach Algerien verbannt, zum Teil auch ›dorthin, wo der Pfeffer wächst‹, nach Cayenne in Französisch-Guayana und den Cayenne vorgelagerten Inseln, so besonders der Teufelsinsel, die bis 1945 französische Strafkolonie blieb. Berühmtester Gefangener der Teufelsinsel, von 1894–99: Hauptmann Alfred Dreyfus.[8] Seit 1864 war auch die Insel Neukaledonien (nordöstlich Australien) Strafkolonie: hierhin wurden 1871 die Überlebenden der Pariser Kommune[9] deportiert.«

Klaus Wagenbach (Hrsg.): In der Strafkolonie. Eine Geschichte aus dem Jahre 1914. Berlin: Wagenbach, 1995. S. 69 f. –

3.5. Kafka und die literarische Moderne

Q »Die Art, wie man über Kafka und die Moderne nach dem Zweiten Weltkrieg sprach, war oft weniger fruchtbar als die Diskussionen über seinen Platz innerhalb der ›literarischen‹ Moderne. Indem sie sich auf die größtenteils scheinbar dystopischen Welten[10] der unvollendeten Romane – namentlich *Der Proceß*, *Der Verschollene* (herausgegeben von Brod als *Amerika*) und *Das Schloß* – konzentrierten, wollten viele Leser in Kafkas Werk ein Metonym[11] für die

7 Söldner: gegen Bezahlung (Sold) angeworbener Soldat

8 Alfred Dreyfus (1859–1935), französischer Offizier, der 1894 zu Unrecht wegen Landesverrats verurteilt wird (vgl. Dreyfus-Affäre)

9 Pariser Kommune, revolutionär-sozialistischer Stadtrat in Paris 1871

10 Dystopie: negative Zukunftsvision

11 Metonym: Wortersetzung, wobei der Ersatz in naher sachlicher Beziehung zum ursprünglichen Wort steht

Moderne an sich sehen. In der extremsten Form wird diese Interpretation zur Überzeugung, dass Kafkas Dystopie auf vorausschauende Weise die katastrophalen sozialen und historisch-politischen Realitäten, die seinem Tod folgen würden, namentlich faschistische Diktatoren, kommunistische Machtapparate und den Holocaust, antizipierte[12]. Andere vertreten eine mildere Version dieser Modernitätsthese, nämlich die, dass Kafkas Werke oft das Scheitern der Modernität an der Erfüllung der aufklärerischen Versprechen thematisieren. Die Lebensmuster, die für Kafkas Zeit charakteristisch sind – von bürokratischen Strukturen über mediale Dimensionen moderner Kommunikationsformen, bis zu zeitgenössischen Zeit-Raum Verdichtung und der modernen Erfahrung des Reisens – können offensichtlich durchgehend in Kafkas Schriften gefunden werden, und wie jüngste Studien gezeigt haben, muss dies nicht nur auf der Ebene des Topos[13] oder des Themas gesehen werden, sondern in den Schreibstrategien, die er neu einführte. Es mag daher weniger nützlich sein, Modernität als Thema anzusehen, das Kafkas Schreiben zu problematisieren versucht, sondern als Gelegenheit für literarische Experimente.«

Scott Spector: Kafka und die literarische Moderne. In: Kafka-Handbuch. Leben – Werk – Wirkung. Hrsg. von Bettina von Jagow und Oliver Jahraus. Göttingen: Vandenhoeck & Ruprecht, 2008. S. 183 f. – © 2008, Vandenhoeck & Ruprecht GmbH & Co. KG, Göttingen.

3.6 Zeittafel

1883 3. Juli: Franz Kafka wird als erstes Kind des jüdischen Ehepaars Hermann und Julie Kafka in Prag am Rande des Altstädter Rings geboren. Der Vater ist Galanteriewarenhändler[14]; die Mutter war eine Tochter des Prager Privatiers und früheren Brauereibesitzers Jakob Löwy. Franz Kafka hatte zwei früh verstorbene Brüder und drei Schwestern: Elli (Gabriele) 1889–1941, Valli (Valerie) 1890–1942, Ottla (Ottilie) 1892–1943.

12 antizipieren: vorwegnehmen

13 Topos: hier: literarisches Motiv, Bild

14 Galanteriewaren: modische Accessoires, modisches Zubehör zur Kleidung

1889 September: Kafka besucht bis 1893 die »Deutsche Knabenschule«.

1893 September: Besuch des humanistischen »Staatsgymnasiums mit deutscher Unterrichtssprache in Prag-Altstadt«.

1901 Juli: Abitur. November: Immatrikulation an der »Deutschen Karl-Ferdinands-Universität zu Prag«, zuerst für Chemie, dann für Jura.

1904 Herbst (?): Beginn der Arbeit an *Beschreibung eines Kampfes.*

1905 Juli/August: Aufenthalt in einem Sanatorium.

1906 April/September: Volontär in der Prager Anwaltskanzlei von Richard Löwy, einem Halbbruder der Mutter. Juni: Promotion zum Doktor der Rechte. November: Abschluss der Staatsprüfung. Oktober 1906 – September 1907: Referendarzeit, zuerst in Prag am Landgericht, dann am dortigen Strafgericht; Beginn der Arbeit an *Hochzeitsvorbereitungen auf dem Lande.*

1907 ab 1. Oktober: ›Aushilfskraft‹ in der Prager Niederlassung des Versicherungskonzerns »Assicurazioni Generali« (Triest).

1908 ab 30. Juli: ›Aushilfsbeamter‹ in der halbstaatlichen »Arbeiter-Unfall-Versicherungs-Anstalt für das Königreich Böhmen in Prag«; erste Publikation: *Betrachtungen* in der Zeitschrift *Hyperion*, hrsg. von Franz Blei und Carl Sternheim.

1911 Eintritt als stiller Teilhaber in die »Prager Asbestwerke Hermann & Co«, die sein Schwager leitet; wachsendes Interesse an der religiösen und literarischen Welt des Ostjudentums; erste Spannungen mit dem Vater.

1912 13. August: Erste Begegnung mit der ›Berlinerin‹ Felice Bauer bei seinem Freund Max Brod. 20. September: Beginn des Briefwechsels mit Felice Bauer. 22./23. September: *Das Urteil* niedergeschrieben. 25. September: Beginn der Arbeit an dem Roman *Der Verschollene*. 7. Oktober: Suizidgefährdung. Vom 17. November bis 7. Dezember entsteht die Erzählung *Die Verwandlung.*

1913 Intensiver Briefwechsel mit Felice Bauer. Dreifacher Besuch in Berlin. Ernennung zum ›Vizesekretär‹ der Versicherungsanstalt.

1914 1. Juni: Verlobung mit Felice in Berlin. 12. Juli: Auflösung der Verlobung. Ab August: Arbeit an dem Roman *Der Prozess* [und der Novelle *In der Strafkolonie*].

1915 Oktober: Veröffentlichung der *Verwandlung* in der Monatsschrift *Die Weißen Blätter* im Kurt Wolff Verlag, Leipzig. November: *Die Verwandlung* erscheint als das dritte Buch Kafkas in der Reihe *Der Jüngste Tag* des Kurt Wolff Verlags.

1917 Juli: Felice Bauer kommt nach Prag; Kafka verlobt sich erneut mit ihr. 9./10. August: Ausbruch der Tuberkulose. 25. Dezember: Felice kommt nach Prag. Auflösung des zweiten Verlöbnisses.

1919 Sommer: Verlobung mit Julie Wohryzek. [Oktober: Veröffentlichung von *In der Strafkolonie*.] November: Die beabsichtigte Heirat scheitert. *Brief an den Vater.*

1920 Ernennung zum ›Anstaltssekretär‹ der Versicherungsanstalt. April: Beginn des Briefwechsels mit Milena Jesenská-Polak. Juli: Auflösung der Verlobung mit Julie Wohryzek.

1922 Anfang Januar: Seelisch-körperlicher Zusammenbruch; Fahrt nach Spindlermühle, einem Erholungsort im westlichen Riesengebirge; Beginn der Arbeit am Roman *Das Schloss.*

1923 26. September: Übersiedlung von Prag nach Berlin-Steglitz. Gemeinsamer Hausstand mit Dora Diamant.

1924 Januar: Akute Erkrankung mit hohem Fieber. 14. März: Brod kommt nach Berlin und bringt Kafka nach Prag zurück. Anfang April: Dora bringt Kafka in ein Sanatorium nach Ortmann (Niederösterreich): Kehlkopftuberkulose. Kurzer Aufenthalt in der Wiener Universitätsklinik. 19. April: Sanatorium Dr. Hoffmann in Kierling. 3. Juni: Kafka stirbt. Überführung nach Prag. 11. Juni: Beerdigung auf dem jüdischen Friedhof in Prag-Straschnitz.

Wilhem Große: Lektüreschlüssel. Franz Kafka: Die Verwandlung. Stuttgart: Reclam, 2004 [u. ö.]. S. 68–71.

4. Entstehungsgeschichte

Wenn *Das Urteil* im Jahr 1912, wie Kafka in seinem Tagebuch schreibt, in einer Nacht mit Schmutz und Schleim bedeckt aus ihm herausgekommen ist, so gleicht die Entstehung der *Strafkolonie* eher einer Zangengeburt. Bereits im Oktober 1914 niedergeschrieben, wird die Novelle erst 1919 veröffentlicht. Während Kafka Zweifel an der Qualität des Schlusses plagen, so dass er das Ende der Geschichte mehrmals umzuschreiben versucht, hat der Verleger Kurt Wolff (1887–1963) mit dem ›Peinlichen‹ des Erzählten zu kämpfen – als Beweis dessen dienen die folgenden Auszüge aus Kafkas Tagebüchern und Briefen.

4.1. Peinlicher Briefwechsel

Q

»Sehr geehrter Herr Kurt Wolff!
Zunächst erlaube ich mir Sie herzlichst wieder einmal in unserer Nähe zu begrüßen, trotzdem jetzt allerdings Ferne und Nähe nicht sehr unterschieden sind. Ihre freundlichen Worte über mein Manuskript sind mir sehr angenehm eingegangen. Ihr Aussetzen des Peinlichen trifft ganz mit meiner Meinung zusammen, die ich allerdings in dieser Art fast gegenüber allem habe, was bisher von mir vorliegt. Bemerken Sie, wie wenig in dieser oder jener Form von diesem Peinlichen frei ist! Zur Erklärung dieser letzten Erzählung füge ich nur hinzu, dass nicht nur sie peinlich ist, dass vielmehr unsere allgemeine und meine besondere Zeit gleichfalls sehr peinlich war und ist und meine besondere sogar noch länger peinlich als die allgemeine.«

Franz Kafka: Briefe. 1902–1924. Frankfurt a. M.: Fischer, 1975. S. 150.
[Prag, 11. Oktober 1916.]

4.2 »Es ist da irgendwo ein Wurm …«

Q

»Verehrter Herr Wolff!
[…] Hinsichtlich der Strafkolonie besteht vielleicht ein Missverständnis. Niemals habe ich aus ganz freiem Herzen die Veröffentlichung dieser Geschichte verlangt. Zwei oder drei Seiten kurz vor ihrem Ende sind Machwerk, ihr Vorhandensein deutet auf einen tie-

feren Mangel, es ist da irgendwo ein Wurm, der selbst das Volle der Geschichte hohl macht. Ihr Angebot, diese Geschichte in gleicher Weise wie den Landarzt[15] erscheinen zu lassen ist natürlich sehr verlockend und kitzelt so, dass es mich fast wehrlos macht – trotzdem bitte ich die Geschichte, wenigstens vorläufig nicht herauszugeben. Stünden Sie auf meinem Standpunkt und sähe Sie die Geschichte so an, wie mich, Sie würden in meiner Bitte keine besondere Standhaftigkeit erkennen. Im Übrigen: Halten meine Kräfte halbwegs aus, werden Sie bessere Arbeiten von mir bekommen, als es die Strafkolonie ist.«

Ebd. S. 159. [Prag, 4. September 1917.]

4.3 Die alternativen Enden in Kafkas Tagebuch

Q

»Der Reisende fühlte sich zu müde, um hier noch etwas zu befehlen oder gar zu tun. Nur ein Tuch zog er aus der Tasche, machte eine Bewegung als tauche er es in den fernen Kübel, drückte es an die Stirn und legte sich neben die Grube. So fanden ihn zwei Herren, die der Kommandant ausgeschickt hatte, ihn zu holen. Wie erfrischt sprang er auf, als sie ihn ansprachen. Die Hand auf dem Herzen, sagte er: ›Ich will ein Hundsfott[16] sein, wenn ich das zulasse.‹ Aber dann nahm er das wörtlich, und begann auf allen Vieren umherzulaufen. Nur manchmal sprang er auf, riss sich förmlich los, hängte sich einem der Herren an den Hals rief in Tränen: ›Warum mir das alles‹ und eilte wieder auf seinen Posten.«

Franz Kafka: Tagebücher. Hrsg. von Hans-Gerd Koch, Michael Müller und Malcolm Pasley. (KKAT.) Frankfurt a. M.: Fischer, 2002. S. 822 f.

Q

»›Wie?‹ sagte der Reisende plötzlich. War etwas vergessen? Ein entscheidendes Wort? Ein Griff? Eine Handreichung? Wer kann in das Wirrsal eindringen? Verdammte böse tropische Luft, was machst Du aus mir? Ich weiß nicht was geschieht. Meine Urteilskraft ist zuhause im Norden geblieben.«

Ebd. S. 823.

15 *Ein Landarzt. Kleine Erzählungen*, ein Erzählband Kafkas, der 1920 beim Kurt Wolff Verlag erschien

16 Hundsfott: Schurke

Q »Der Reisende machte eine unbestimmte Handbewegung, ließ von seinen Bemühungen ab, stieß die Zwei wieder vom Leichnam fort und wies ihnen die Kolonie, wohin sie sofort gehen sollten. Mit gurgelndem Lachen zeigten sie dass sie allmählich den Befehl verstanden, der Verurteilte drückte sein mehrfach überschmiertes Gesicht auf die Hand des Reisenden, der Soldat klopfte mit der Rechten – in der Linken schwenkte er das Gewehr – dem Reisenden auf die Schulter, alle drei gehörten jetzt zusammen.«

Ebd. S. 825.

Q »Der R. musste gewaltsam das ihn überkommende Gefühl abwehren, dass in diesem Fall eine vollkommene Ordnung geschaffen sei. Er wurde müde und gab den Plan auf, den Leichnam jetzt zu begraben. Die Hitze die noch immer im Steigen begriffen war – nur um nicht ins Taumeln zu geraten, wollte der R. nicht den Kopf nach der Sonne heben – das plötzliche endgültige Verstummen des Offiziers, der Anblick der zwei drüben, die ihn fremd anstarrten und mit denen er durch den Tod des Off. jede Verbindung verloren hatte, endlich diese glatte maschinenmäßige Widerlegung, welche die Meinung des Off. hier gefunden hatte – alles dieses – der R. konnte nicht länger aufrecht stehn und setzte sich auf den Rohrsessel nieder. Hätte sich sein Schiff durch diesen weglosen Sand hierher zu ihm geschoben, um ihn aufzunehmen, – es wäre am schönsten gewesen. Er wäre eingestiegen, nur von der Treppe aus hätte er noch dem Offizier einen Vorwurf wegen der grausamen Hinrichtung des Verurteilten gemacht. Ich werde es zuhause erzählen hätte er noch mit erhobener Stimme gesagt, damit es auch der Kapitän und die Matrosen hörten die sich oben neugierig über das Bordgeländer beugten. ›Hingerichtet?‹ hätte daraufhin der Offizier mit Recht gefragt. ›Hier ist er doch‹ hätte er gesagt und auf des Reisenden Kofferträger gezeigt. Und tatsächlich war dies der Verurteilte, wie sich der R. durch scharfes Hinschauen und genaues Prüfen der Gesichtszüge überzeugte. ›Meine Anerkennung‹ musste der R. sagen und sagte es gern. ›Ein Taschenspielerkunststück?‹ fragte er noch. ›Nein‹ sagte der O. ›ein Irrtum ihrerseits ich bin hingerichtet, wie Sie es befahlen.‹ Noch aufmerksamer horchten jetzt Kapitän und Matrosen. Und sahen sämtlich wie jetzt der O. über seine Stirn hinstrich und einen krumm aus der geborstenen Stirn vorragenden Stachel enthüllte.«

Ebd. S. 825–827.

5. Frühe Rezeption

In München sollen die Damen reihenweise in Ohnmacht gefallen sein, als Kafka am 10. November 1916 *In der Strafkolonie* einem Publikum vorliest; ebenso schockiert präsentieren sich die Meinungen zur Novelle an sich. Es berichten der Rezensent Hans Beilhack sowie der Psychologe und Schriftsteller Max Pulver (1889–1952).

5.1 Ein Lüstling des Entsetzens

»Anders Kafka selbst. Er besitzt, was wenige der Jüngsten von sich sagen können, ein außergewöhnliches episches Formtalent, eine Fähigkeit zu spannen, und zwar durch eine Art von (scheinbar!) objektivster Darstellung der Begebenheiten, die hart ans Artistische[17] streift. Indem er in der vorgetragenen Novelle den Verlauf einer der schauerlichsten Exekutionen mit den raffiniertesten Einzelheiten wiedergibt, verfolgt er die Bahn, die er mit der ›Verwandlung‹ beschritten: Das Menschenmöglichste an Grauen wird unter einer eisernen Form zusammengepresst, langsam auf alle Seiten gewendet und maschinenhaft grausam zu Ende geführt. Es wäre grundfalsch, diese Art naturalistisch[18] zu nennen. Kafkas Phantasie schafft konstruktiv von sich aus: eine überwirkliche, aber grauenvoll unterirdische Welt. Kafka ist ein Lüstling des Entsetzens. Er scheut selbst das Widerliche und Ekelhafte nicht – hier ist ohne Zweifel eine Grenze erreicht, für meinen Geschmack und meine Nerven sogar teilweise überschritten. Mag sein, dass symbolische Fäden zu den Geschehnissen unseres männermordenden Zeitalters[19] hinüberlaufen und so die Dichtung ›politisch‹ machen, doch hebt dies die Gesetze des Ästhetischen[20] nicht auf. Das Publikum konnte zum Teil die übermäßige Nervenspannung nicht durchhalten, zum Teil, aus derberem Holz geschnitzt, schien es befriedigt.«

Hans Beilhack: Rezension in der *Münchener Zeitung* vom 12. November 1916.
In: Franz Kafka. Kritik und Rezeption zu seinen Lebzeiten 1912–1924.
Hrsg. von Jürgen Born. Frankfurt a. M.: S. Fischer, 1979. S. 121.

17 hier: Gekünstelte
18 hier: naturgetreu
19 gemeint ist der Erste Weltkrieg (1914–1918)
20 Ästhetik: Lehre vom Schönen, vom Geschmack(surteil)

5.2 Blutgeruch im Lesesaal

Q »So las er, schräg gegen sein Pult sitzend, ein unveröffentlichtes Prosastück: ›In der Strafkolonie‹.

Wie er sprach, habe ich vergessen. Mit den ersten Worten schien sich ein fader Blutgeruch auszubreiten, ein seltsam fader und blasser Geschmack legte sich mir auf die Lippen. Seine Stimme mochte entschuldigend klingen, aber messerscharf drangen seine Bilder in mich ein, Eisnadeln voller abgründiger Quälerei. Nicht nur wurden ein Marterwerkzeug[21] und eine Marter beschrieben in den Worten gedämpfter Ekstase[22] des Peinigers und Vollstreckers. Auch der Hörer wurde in diese Höllenqualen hineingerissen, auch er lag als Opfer auf dem wippenden Marterbett, und jedes neue Wort ritzte als ein neuer Stachel die langsame Hinrichtung in seinen Rücken.

Ein dumpfer Fall, Verwirrung im Saal, man trug eine ohnmächtige Dame hinaus. Die Schilderung ging inzwischen fort. Zweimal noch streckten seine Worte Ohnmächtige nieder. Die Reihen der Hörer und der Hörerinnen begannen sich zu lichten. Manche flohen im letzten Augenblick, bevor die Vision des Dichters sie überwältigte. Niemals habe ich eine ähnliche Wirkung von gesprochenen Worten beobachtet. Ich blieb bis zuletzt, für Augenblicke mit stockendem Herzen, aber ich blieb und hörte, wie sich der Henker selbst freiwillig seiner kunstreichen Tortur[23] unterwirft, und wie die Hinrichtungsmaschine über seinem aufgespießten Leichnam in die Brüche geht. Der poetischen Gerechtigkeit war Genüge geschehen. Der Henker war tot.«

Max Pulver: Spaziergang mit Franz Kafka. In: »Als Kafka mir entgegenkam …«. Erinnerungen an Franz Kafka. Hrsg. von Hans-Gerd Koch. Berlin: Wagenbach, 2005. S. 141–146, hier S. 142 f. –

21 Marter: Folter
22 Ekstase: rauschhafte Verzückung
23 Tortur: Synonym zu Marter, Folter

6. Ein eigentümlicher Apparat

Als der Offizier die teuersten Blätter des alten Kommandanten hervorzieht, erfahren wir Folgendes: »Der Reisende hätte gerne etwas Anerkennendes gesagt, aber er sah nur labyrinthartige, einander vielfach kreuzende Linien, die so dicht das Papier bedeckten, dass man nur mit Mühe die weißen Zwischenräume erkannte« (im Text S. 16,31–17,4). Ohne diesen Raum auf den Blättern wird es aber eng für die Interpretation, die doch sprichwörtlich zwischen den Zeilen liest, und so hat sich die neuere Forschung, insbesondere im Fall der *Strafkolonie*, weniger auf die Auslegung des von Kafka Geschriebenen, sondern vielmehr auf die innerliterarische Thematisierung des Schreibaktes selbst konzentriert. Neben einem Bild zum (Schreib-)Apparat sind die in diesem Kapitel wiedergegebenen Deutungsansätze Zeuge davon.

6.1 Andreas B. Kilcher: Strafen, Körper, Schreiben

»Im Zentrum der Erzählung steht der aufstörende Akt einer Bestrafung vermittels eines höchst kunstvollen Schreib-›Apparates‹, der die Strafe in den Körper des Schuldigen eintätowiert. Damit handelt die Geschichte von drei Dingen: vom Strafen, vom Körper und vom Schreiben. Ein europäischer Forschungsreisender besucht die auf einer entlegenen Insel eingerichtete Strafkolonie einer europäischen Großmacht, um der Exekution eines Soldaten beizuwohnen. Dabei soll er vor allem den Exekutionsapparat begutachten, den der verstorbene Kommandant der Kolonie, zugleich ›Soldat, Richter, Konstrukteur, Chemiker, Zeichner‹ [...], entworfen hat und der nun von einem Offizier bedient wird.

Der Apparat, das eigentliche Zentrum der Erzählung, wird dabei aus zwei Perspektiven gesehen. Auf der einen Seite steht die Perspektive des Forschungsreisenden, dem der Apparat schlicht als Folter- und Tötungsinstrument erscheint. Ein rechtsstaatliches Gerichtsverfahren mit Anklage und Verteidigung ist nicht vorgesehen, stattdessen wird dem Delinquenten[24] das Urteil im Moment der Vollstreckung auf den Körper eingeschrieben. Auf der anderen Seite steht die Perspektive des Offiziers, der von moralischen und juris-

24 Delinquent: Übeltäter, Verbrecher

Abb. 2: Kafka kurz und knapp. Comiczeichnung von Robert Crumb. –

tischen Fragen absieht und den Schreibapparat bloß in seiner technischen Vollkommenheit in einer rhetorisch und emotional starken Rede dem Forschungsreisenden präsentiert.«

Andreas B. Kilcher: Franz Kafka. Frankfurt a. M.: Suhrkamp, 2008. (Suhrkamp BasisBiographie. 28.) S. 92. –

6.2 Oliver Jahraus: Eine Schreibmaschine

»Man muss es deutlich sagen: Die Vollstreckungsmaschine in Kafkas Erzählung *In der Strafkolonie* ist eine Schreibmaschine. Und sie ist eine Schreibmaschine der besonderen Art, die nämlich unmittelbare Zeichen produziert, Zeichen, die sich nicht mehr von dem unterscheiden, was sie bezeichnen, sondern mit dem Bezeichneten zusammenfallen. Die Vollstreckungsmaschine wird, unter dem Aspekt des Schreibens gesehen, zu einer Wunder-Maschine, die in der Lage ist, Zeichen zu produzieren, deren Deutung und Bedeutung nicht mehr der Interpretation bedürfen oder zweifelhaft sind, weil nämlich durch sie Deutung und Bedeutung körperlich manifest[25] und schließlich durch den Tod letztgültig bestätigt werden. Kafka entwickelt also die phantastische Idee von einer Schreibmaschine absoluter, von jeder Deutung unabhängiger Zeichen. [...]

Auch in der *Strafkolonie* zeigt sich an zwei markanten Stellen, wie ein solcher Deutungsprozess einsetzt, nämlich als der Offizier dem Reisenden jene Matrizen[26] zu lesen gibt, die das Urteil enthalten, das zum Teil dem Delinquenten[27] und später dem Offizier selbst im wahrsten Sinne in den Körper eingeschrieben wird. Für den Delinquenten lautet das Urteil: ›Ehre deinen Vorgesetzten‹, für den Offizier: ›Sei gerecht!‹ In beiden Fällen fordert der Offizier den Reisenden auf, die Matrizen zu entziffern, und beide Male beharrt der Reisende darauf, dass er die Schrift gar nicht lesen könne: ›ich kann es nicht entziffern‹ und: ›ich sagte schon, ich kann diese Blätter nicht lesen‹. Man könnte dies dadurch zu erklären versuchen, dass die Schrift zwölf Stunden lang dem Körper eingeschrieben werden muss und daher nicht nur aus der bloßen Buchstabenfolge bestehen kann, sondern zudem eine Unmenge an Verzierungen, also an nicht-semantischem[28] Material, beinhaltet, das die eigentliche Schrift unleserlich macht – ganz zu schweigen von der Tatsache, dass Haut und durchblutetes Fleisch wenig geeignet sind für solche Zwecke. Letztlich macht also das Ornament[29] die Schrift unleserlich. Bezieht man dies Ergebnis auf die Zeichenhaftigkeit von Schrift, so kann man mit einiger Berechtigung behaupten, dass nur jene Schrift

25 manifest: eindeutig
26 Matrize: Druckvorlage
27 Delinquent: Übeltäter, Verbrecher
28 hier: bedeutungslose Zeichen
29 Ornament: Verzierung

entzifferbar und lesbar ist, die gedeutet werden muss. Die absolute Schrift aber, die mit dem, was sie bezeichnet, zusammenfällt, ist unleserlich, unlesbar und undeutbar.«

Oliver Jahraus: Kafka. Leben, Schreiben, Machtapparate. Stuttgart: Reclam, 2006. S. 334–336.

6.3. Alexander Honold: Sprachliche Einverleibung

Q

»Dies ist eine Geschichte, die vom menschlichen Körper handelt; und davon, was einem Menschen durch technische und soziale Zurichtungen, durch Ausübung sadistischer[30] sexueller Phantasien angetan werden kann. Doch ebenso gilt: Das ist eine Geschichte, die vom Schreiben handelt, von der Magie und Gewalt der schreibenden Hand und ihrer Instrumente. Mit Kafkas Erzählung *In der Strafkolonie* von 1914 ist erstmals etwas auf unmittelbar sinnliche Weise vorstellbar geworden, was zu einer Schreckenssignatur des 20. Jahrhunderts und seiner totalitären Formen der technisch-bürokratischen Machtausübung werden sollte: die vollständige Einverleibung des Individuums durch einen starren, folternden ›Apparat‹ (der mehrdeutige Begriff fällt schon im ersten Satz). Zugleich aber hat hier ein Autor der Materialität des Schreibens ein schockierendes Denkmal gesetzt, indem er den kreatürlichen Leib selbst unmittelbar einem Schreib- bzw. Beschriftungsvorgang unterwirft. Eingespannt in eine bizarre technische Vorrichtung, erfährt das Subjekt (ein ›subiectum‹ im Wortsinne)[31] sich als dem Schreibprozess unterworfen.«

Alexander Honold: In der Strafkolonie. In: Kafka-Handbuch. Leben – Werk – Wirkung. Hrsg. von Bettina von Jagow und Oliver Jahraus. Göttingen: Vandenhoeck & Ruprecht 2008. S. 477–503, hier S. 477. –

30 Sadismus: Lust am Quälen
31 subiectum: (lat.) das Unterworfene

7. Der Erzähler Franz Kafka

Q

»Kafkas großartige Leistung als Erzähler besteht hier darin, daß er jegliches moralisches Pathos[32] ausschaltet. Er stellt zwei Perspektiven nebeneinander: die des Offiziers und die des Reisenden. Er erzählt die Geschichte zwar aus einer personalen Sicht, die den Reisenden im Blick hat, so daß auch dessen Gedanken in innerer Rede mitgeteilt werden können, nicht aber die Gedanken des Offiziers, der von außen betrachtet wird. Doch der Offizier hält sehr lange Reden, in denen er seine Perspektive ausführlich und mit großer Eloquenz[33] vortragen kann. Sein Vortrag ist derart faszinierend, daß er nicht nur den Reisenden, sondern auch den Leser wenigstens zeitweise für sich einnimmt. Die inneren Vorbehalte, die der Leser dabei haben mag – handelt es sich doch immerhin um ein Folterinstrument, das hier enthusiastisch beschrieben wird –, sind die inneren Vorbehalte des Reisenden, die dieser jedoch nicht zu äußern wagt. Nur in einer gewissen Zurückhaltung zeigt sich seine Abwehr, also fast gar nicht. Gerade seine Kultiviertheit hindert den Reisenden daran, der Barbarei Einhalt zu gebieten. Er verhindert weder die Folterung des zum Tode verurteilten Soldaten noch den Selbstmord des Offiziers. Im ersten Fall schaut er höflich zu; seine Erziehung verlangt eben, daß man sich auch in schwierigen Situationen nicht gehenläßt. So ist er aufmerksam und freundlich dem Offizier gegenüber, auch als dieser den Soldaten der entsetzlichsten Folter ausliefert. Im zweiten Fall – dem des Selbstmords des Offiziers – ist es die Faszination des Ereignisses, die ihn abhält, einzugreifen. Auch hier mag sich der Leser auf seiten des Reisenden fühlen: eine gewisse Erleichterung darüber, daß dieser fanatische Mensch nun selbst in der Maschine stirbt, die er für andere vorbereitet hat, ist spürbar. Doch hätte er nicht auch Mitleid verdient? Dem allzu raschen Mitleid des Lesers hat der Erzähler entgegengearbeitet, im Fall des unsympathischen Offiziers wie im Fall des unsympathischen Delinquenten[34]. Er will offensichtlich die Aufmerksamkeit auf etwas anderes lenken: auf den Vorgang in uns, den der Vorgang in der Erzählung auslöst, die wohl die schrecklichste Erzählung ist, die Franz Kafka geschrieben hat. Sie handelt vom Schrecken in uns und in unserer Kultur.

32 hier: moralische (Über-)Bewertung
33 Eloquenz: Beredsamkeit
34 Delinquent: Übeltäter, Verbrecher

Gerade weil der Erzähler die Handlung so sachlich darbietet, kommt sie uns so nahe. Die Rationalität, die in der ausgeklügelten Erzählkunst des Erzählers genauso steckt wie in der so vernünftig wirkenden Lobrede des Offiziers auf den Apparat, diese Rationalität ist eine Fassade, hinter der sich die Barbarei verbirgt, aus der sie jederzeit hervorbrechen kann, wenn humanes Engagement zu konventioneller Höflichkeit verkommt. Insofern sind die Kontrahenten dieser Geschichte, der Offizier und der Reisende, sogar Komplizen des Verbrechens: der eine, indem er es zielbewußt durchführt wie einen rationalen Vorgang, der andere, indem er es duldet und ihm nicht entgegentritt, obwohl er dagegen ist. Kafka hat hier die doppelte Wurzel der staatlichen Verbrechen unseres Jahrhunderts dargestellt: es sind nicht nur die *Täter*, die zur systematischen Vernichtung schreiten, sondern es sind auch die *Untätigen*, die aus falscher Rücksichtnahme auf sich und andere nichts unternehmen; beide gemeinsam sind zur Durchführung der Verbrechen nötig.«

Hans Dieter Zimmermann: In der Strafkolonie. In: Interpretationen. Franz Kafka: Romane und Erzählungen. Hrsg. von Michael Müller. Stuttgart: Reclam, 2003. S. 158–172, hier S. 160 f.

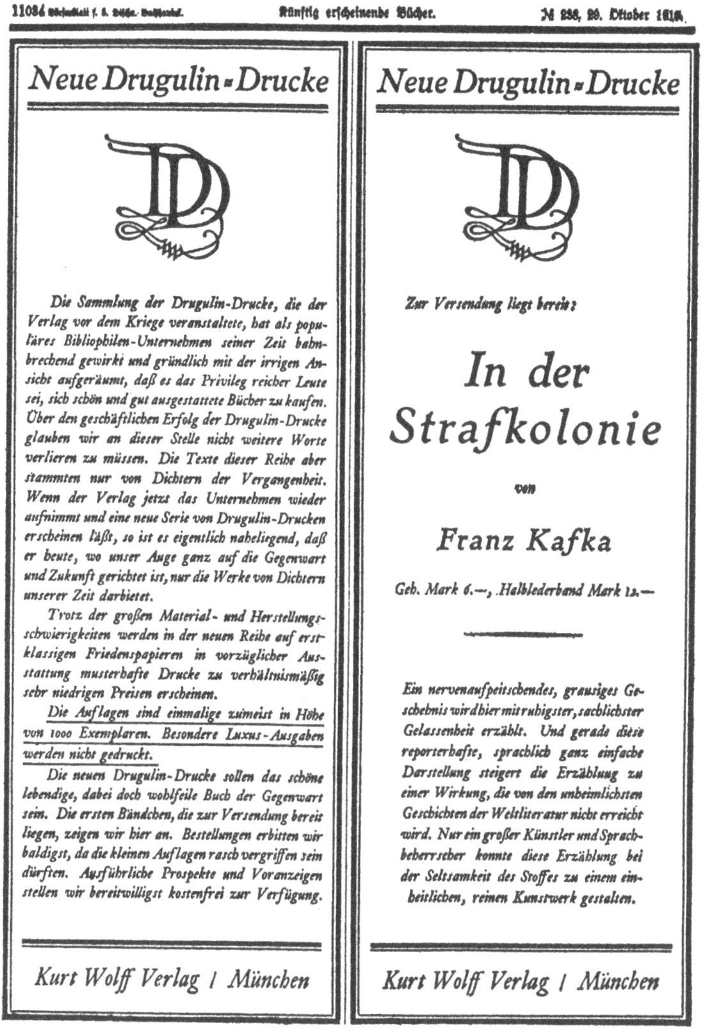

11084 Börsenblatt f. d. Dtschn. Buchhandel. Künftig erscheinende Bücher. № 238, 29. Oktober 1919.

Neue Drugulin-Drucke

Die Sammlung der Drugulin-Drucke, die der Verlag vor dem Kriege veranstaltete, hat als populäres Bibliophilen-Unternehmen seiner Zeit bahnbrechend gewirkt und gründlich mit der irrigen Ansicht aufgeräumt, daß es das Privileg reicher Leute sei, sich schön und gut ausgestattete Bücher zu kaufen. Über den geschäftlichen Erfolg der Drugulin-Drucke glauben wir an dieser Stelle nicht weitere Worte verlieren zu müssen. Die Texte dieser Reihe aber stammten nur von Dichtern der Vergangenheit. Wenn der Verlag jetzt das Unternehmen wieder aufnimmt und eine neue Serie von Drugulin-Drucken erscheinen läßt, so ist es eigentlich naheliegend, daß er heute, wo unser Auge ganz auf die Gegenwart und Zukunft gerichtet ist, nur die Werke von Dichtern unserer Zeit darbietet.

Trotz der großen Material- und Herstellungsschwierigkeiten werden in der neuen Reihe auf erstklassigen Friedenspapieren in vorzüglicher Ausstattung musterhafte Drucke zu verhältnismäßig sehr niedrigen Preisen erscheinen.

Die Auflagen sind einmalige zumeist in Höhe von 1000 Exemplaren. Besondere Luxus-Ausgaben werden nicht gedruckt.

Die neuen Drugulin-Drucke sollen das schöne lebendige, dabei doch wohlfeile Buch der Gegenwart sein. Die ersten Bändchen, die zur Versendung bereit liegen, zeigen wir hier an. Bestellungen erbitten wir baldigst, da die kleinen Auflagen rasch vergriffen sein dürften. Ausführliche Prospekte und Voranzeigen stellen wir bereitwilligst kostenfrei zur Verfügung.

Kurt Wolff Verlag / München

Neue Drugulin-Drucke

Zur Versendung liegt bereit:

In der Strafkolonie

von

Franz Kafka

Geb. Mark 6.–, Halblederband Mark 12.–

Ein nervenaufpeitschendes, grausiges Geschehnis wird hier mit ruhigster, sachlichster Gelassenheit erzählt. Und gerade diese reporterhafte, sprachlich ganz einfache Darstellung steigert die Erzählung zu einer Wirkung, die von den unheimlichsten Geschichten der Weltliteratur nicht erreicht wird. Nur ein großer Künstler und Sprachbeherrscher konnte diese Erzählung bei der Seltsamkeit des Stoffes zu einem einheitlichen, reinen Kunstwerk gestalten.

Kurt Wolff Verlag / München

Abb. 3: Anzeige im Börsenblatt für den Deutschen Buchhandel, 29. Oktober 1919, Nr. 238

8. Literaturhinweise

Die besten Übersichten zur alten und neuen Forschungslage bieten jeweils die Sammelbände aus den Reihen: *Text + Kritik*, *Wege der Forschung* und *Neue Wege der Forschung*. Daneben finden sich unten Biografien, Gesamtdarstellungen und ausgewählte Interpretationen zu *In der Strafkolonie*.

Arnold, Heinz Ludwig (Hrsg.): Franz Kafka. Text + Kritik Sonderband. München 2006.

Crumb, Robert / David Zane Mairowitz: Kafka kurz und knapp. Frankfurt a. M. ^{4}1996.

Engel, Manfred / Bernd Auerochs (Hrsg.): Kafka-Handbuch. Leben – Werk – Wirkung. Stuttgart 2010.

Höfle, Peter: Franz Kafka. »In der Strafkolonie«. Text und Kommentar. Frankfurt a. M. ^{3}2015.

Jagow, Bettina von / Oliver Jahraus (Hrsg.): Kafka-Handbuch. Leben – Werk – Wirkung. Göttingen 2008.

Kafka, Franz: In der Strafkolonie. Eine Geschichte aus dem Jahre 1914. Hrsg. von Klaus Wagenbach. Berlin 1995.

Kilcher, Andreas B.: Franz Kafka. Leben, Werk, Wirkung. Frankfurt a. M. 2008.

Liebrand, Claudia (Hrsg.): Franz Kafka. Neue Wege der Forschung. Darmstadt 2006.

Müller-Seidel, Walter: Die Deportation des Menschen. Kafkas Erzählung »In der Strafkolonie« im europäischen Kontext. Stuttgart 1986.

Niehaus, Michael: Franz Kafka. Erzählungen. Interpretation. München 2010.

Politzer, Heinz (Hrsg.): Franz Kafka. Darmstadt ^{2}1980. (Wege der Forschung. 322.)

Schlingmann, Carsten: Literaturwissen Franz Kafka. Stuttgart 1995 [u. ö.].

Schmitz-Emans, Monika: Franz Kafka. Epoche – Werk – Wirkung. München 2010.

Zimmermann, Hans Dieter: In der Strafkolonie. In: Interpretationen. Franz Kafka: Romane und Erzählungen. Hrsg. von Michael Müller. Stuttgart 2003. S. 158–172.

Raum für Notizen

Raum für Notizen

Raum für Notizen

Raum für Notizen

Raum für Notizen